2017년 9월 7일 초판 1쇄

글 다니자키 준이치로
옮긴이 이은숙
펴낸곳 하다
펴낸이 전미정
책임편집 남명임
교정·교열 최효준 최하영
디자인 윤종욱
출판등록 2011년 5월 17일 제300-2011-91호
주소 서울 중구 퇴계로 182 가락회관 6층
전화 02-2275-5326
팩스 02-2275-5327
이메일 go5326@naver.com
홈페이지 www.npplus.co.kr
ISBN 978-89-97170-39-5 03830

정가 13,000원

고양이와

쇼조와

두 여자

—

다니자키 준이치로 저

이은숙 역

작가 소개

다니자키 준이치로
谷崎 潤一郎, 1886~1965

1886년 7월 24일, 도쿄 니혼바시(日本橋)에서 5남 3녀의 차남으로 태어났다. 유복한 환경에서 자랐으나 1897년 중학교에 진학할 무렵, 외조부의 사업을 이어받은 아버지의 사업실패로 가세가 기울었으나 큰아버지의 도움으로 학업을 계속할 수 있었다. 중학교에 다니던 중 '학생구락부(学生倶楽部)'라는 문학잡지를 자체 발간하면서 문학에 대한 관심을 본격적으로 나타내기 시작했다.

1908년 도쿄제국대학(현재의 도쿄대학) 국문과에 입학했으나 학비미납으로 퇴학당한다. 이 후 1910년 제2차 '신사조(新思潮)'에 소설『문신(刺青)』,『기린(麒麟)』과 희곡『탄생(誕生)』을 발표하게 된다. 1911년『소년(少年)』등의 작품이 발표된 이후 소설가 나가이 가후(永井荷風)에게 격찬을 받으며 인정받기 시작했다. 이후에 탐미주의적인 작품을 써 나가면서 '악마주의 작가'로 불리며 문단에서 주목받기 시작한다. 1915년, 29세였던 다니자키는 9살 아래의 이시카와 치요(石川千代)와 혼인하게 된다.

결혼 후 아내 치요에게 매력을 느끼지 못하고, 치요의 여동생이었던 세이코에게 빠져들게 된다. 이때 다니자키의 친구였던 소설가이자 평론가인 사토 하루오(佐藤春夫)가 치요에게 동정심을 가지게 되었고, 이것이 곧 사랑으로 발전하면서 삼각관계에 이른다. 이후 다니자키는 친구인 사토에게 자신의 아내를 양도해버려 일본 문단 내의 가장 큰 스캔들을 일으키게 된다.

1923년 관동 대지진을 겪고 관서지방으로 이주한 직후 다니자키 초기 문학의 최고 걸작으로 꼽히는 『치인의 사랑(痴人の愛)』을 1924년부터 연재하게 된다. 다니자키의 작품 세계는 『치인의 사랑(痴人の愛)』을 경계로 해서 서양의 미를 동경하던 것에서 점차 일본적인 소재와 전통미를 추구하는 것으로 바뀌어 가는데 1928년 연재하기 시작한 『만지(卍)』와 『여뀌 먹는 벌레(蓼喰ふ虫)』가 그것이다.

나중에 다니자키는 일본 전통 문화에 깊이 심취하게 되는데, 『겐지 이야기(源氏物語)』의 현대어역(譯) 작업을 시작한 것도 이 시기(1935년)의 일이다.

1936년 잡지 『개조(改造)』 1월호와 7월호에 소설 『고양이와 쇼조와 두 여자』, 1942년 『세설(細雪)』, 1951년 『다니자키 신역 겐지 이야기(潤一郎新訳源氏物語)』, 1962년 『미친 노인의 일기(瘋癲老人日記)』 등의 작품을 연이어 발표하며 식지 않는 왕성한 창작열을 과시했다. 1958년, 1960년에 두 번이나 노벨상 후보에 올랐으나 수상까지는 못했다.

작품 소개

『고양이와 쇼조와 두 여자』라는 작품은 '리리'라는 고양이, '쇼
조'라는 남자, 두 여자들과의 미묘한 심리적 움직임을 묘사한
이야기로 1936년에 발표한 다니자키 준이치로의 소설이다.

1956년에는 도쿄영화(東京映畵)에서 영화로 제작하여 기네
마준보(キネマ旬報) 베스트 10의 제4위에 오르기도 했다.

1964년에는 간사이 텔레비전(関西TV)에서 드라마로 제작하
여 방영했고, 1996년 텔레비전 도쿄(TV東京)에서 드라마로
방영하여 안방극장을 달구었으며 일본 명작드라마로 선정되기
도 했다.

주요 등장인물

리리......... 쇼조가 애지중지하는 암고양이.

쇼조......... 생활 능력이 없고 어머니와 지금의 아내에게 휘둘리며 산다.

후쿠코..... 쇼조의 지금의 아내. 두 사람은 외사촌 간이다.

시나코..... 쇼조의 전처. 시어머니(오린)의 계략으로 쫓겨났다.

오린......... 쇼조의 모친. 아들 쇼조를 마음대로 조종한다. 시나코와는 사이가 나빴다.

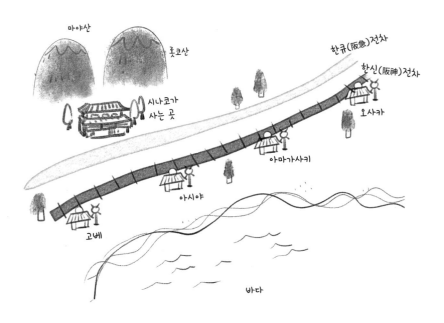

마야산

롯코산

한큐(阪急)전차

한신(阪神)전차

시나코가
사는 곳

오사카

아마가사키

아시야

고베

바다

후쿠코 씨 부디 이해해주세요.

이 편지는 유키코가 보낸 것으로 되어있지만 실은 아니에
요. 이렇게 말하면 물론 당신은 제가 누군지 아실 거예요.
아니, 어쩌면 당신은 이미 편지 봉투를 뜯어보는 순간부터
'아, 그 여자구나' 하고 금방 알아차리셨겠지요. 그러면 보
나마나 화가 나서 '이런 무례한…… 친구 이름을 함부로

팔아서 내게 편지를 보내다니 정말 **뻔뻔한** 사람이네'라고 생각하시겠지요. 그렇지만 후쿠코 씨, 이해해 주셨으면 좋겠어요. 만일 제가 봉투에다 제 진짜 이름을 쓰면 틀림없이 그 사람이 보고 중간에서 가로챌 것 같았어요. 당신이 보게 하려면 이럴 수밖에 없었어요. 하지만 걱정하지 마세요. 저는 결코 당신에게 원망을 쏟아 내거나 우는 소리를 할 생각은 없어요. 솔직히 이보다 열 배 스무 배를 더 써도 모자라겠지만 이제 와서 그렇게 한들 무슨 소용이 있겠어요. 호호호. 저도 고생한 덕분에 제법 강해졌거든요. 언제까지 이렇게 울고만 있을 수는 없지요. 울고 싶은 일이나 분한 일이야 많고도 많지만 다 털어버리고 되도록 즐겁게 살아가려고 맘먹었어요. 정말 인간의 운명이란 누가 언제 어떻게 될지 오직 신만이 알고 있지요. 남의 행복을 부러워하거나 증오하는 건 바보 같은 짓이지요.

제가 아무리 못 배운 여자라도 직접 당신에게 편지를 쓰는 것이 실례라는 것쯤은 알고 있어요. 그래서 쓰카모토 씨를 통해서 몇 번이고 말했지만 그 사람에겐 도대체 통하질 않으니 이젠 당신에게 부탁할 수밖에 없어요. 이렇게 말하면 엄청나게 어려운 부탁 같지만 절대로, 절대로 그런 일은 아니에요. 전 당신 집에서 받고 싶은 게 딱 하나 있어요. 물론 당신 남편을 돌려달라는 것은 아니에요. 실은 그보다는 훨씬, 훨씬 아무것도 아닌…… 리리를 갖고 싶어요. 쓰카모토 씨의 말로는, 그 사람은 리리 따위 줘버려도 좋지만 당신이 보내기 싫어한다고 그러던데요. 후쿠코 씨, 그게 정말인가요? 단 하나뿐인 내 소원을 당신이 가로막고 있는 거예요? 후쿠코 씨, 제발 다시 생각해 보세요. 저는 제 목숨보다도 소중한 사람을…… 아니, 그뿐이겠어요? 제가 그 사람과 일군 행복한 가정을 고스란히 당신에게 내주었어요. 밥그릇 하나 갖고 나오지 않았고 시집갈 때 가져갔던 제 물건도 제대로 챙기지 못했어요. 슬픈 추억거리가 되는 것은 차라리 없는 편이 나을지도 모르지만 최소한 리리는 양보해 주셔도 되잖아요? 이것 말고는 억지를 부리지 않을 거예요. 밟히고 차이고 두들겨 맞으면서도 참고 살았어요. 그렇게 살았는데 겨우 고양이 한 마리를 받고 싶다는 게 **뻔뻔한** 건가요? 당신에게는 있으니마나 한 작은 심승이지만 고독한 제게는 얼마나 큰 위로

가 되는 존재인지. …… 나약하게 보이긴 싫지만 리리라도
곁에 있어주지 않으면 쓸쓸해서 견딜 수가 없는걸요. ……
그 고양이 말고 저를 위로해 주는 사람은 단 한 명도 없는
걸요. …… 당신은 저를 이렇게 내친 걸로도 모자라 괴롭
히려는 거예요? 당신은 지금 내 쓸쓸함과 허전함에 한 치
의 동정도 베풀지 않을 만큼 무자비한 분인가요?

아니, 아니. 당신은 그럴 분이 아니시죠. 저는 잘 알아요. 리리를 보내기 싫어하는 건 당신이 아니라 그 사람이에요. 틀림없을 거예요. 그 사람은 리리를 굉장히 좋아해요. 언제나 제게 "너와는 헤어질 수 있어도 이 고양이와는 못 헤어져"라는 말을 입버릇처럼 했어요. 그리고 밥 먹을 때나 잘 때에도 리리를 저보다 훨씬 예뻐했지요. 그런데 왜 '보내기 싫다'고 솔직하게 말하지 못하고 당신 탓으로 돌릴까요. 그 이유가 뭔지 곰곰이 생각해 보셔야 해요.

그 사람은 미워하던 저를 쫓아내고 좋아하는 당신과 함께 살게 되었어요. 저와 함께 사는 동안에는 리리가 필요했겠지만 이젠 그런 고양이쯤은 방해가 되어야 마땅하지 않을까요. 혹시 그 사람, 아직도 리리가 곁에 없으면 허전해 하나요? 그렇다면 당신도 나처럼 고양이보다 못한 취급을 받고 사는 건 아닌지……. 아, 미안해요. 그만 마음에도 없는 말을 하고 말았네요. …… 설마 그렇게 황당한 일은 없겠지만 그래도 자신이 좋아한다는 사실을 숨기고 당신 탓으로 돌리는 건 역시 뭔가 켕기는 데가 있다는 증거겠지요. …… 호호호. 뭐 그런 거야 어찌됐든 상관없어요. 그렇지만 정말 조심하셔야 돼요. '그깟 고양이쯤이야' 하고 방심하다가는 그 고양이에게조차 무시당하게 돼요. 결코 악의가 있어서 그러는 건 아니에요. 저보다는 당신을 위해 드리는 말씀이에요. 리리를 그 사람 곁에서 얼른 떼어놓도록 하세요. 만약 그 사람이 그걸 허락하지 않는다면 더욱더 이상한 게 아닐까요? ……

후쿠코는 편지를 한 자 한 자 마음에 담고

쇼조와 리리가 하는 짓에 슬며시 눈길을 보냈다. 전갱이 초절임을 안주 삼아 술을 홀짝거리던 쇼조가 잔을 내려놓으며 고양이를 부른다.

　"리리-"

　쇼조는 전갱이 한 마리를 젓가락으로 집어 올려 높이

쳐든다. 리리는 뒷다리로 서서 타원형 밥상 가장자리에 앞발을 걸치고 접시 위의 안주를 노려보고 있다. 그 모습이 바의 카운터에 기대어 있는 손님 같기도 하고 노트르담의 괴수 같기도 하다. 마침내 먹이를 들어 올리자 리리는 갑자기 코를 씰룩거리고 마치 사람이 깜짝 놀랐을 때처럼 크고 영리한 눈을 동그랗게 뜨며 아래에서 올려다본다. 그러나 쉽게 내어줄 쇼조가 아니다.

"자, 여기."

쇼조는 전갱이를 리리 코앞까지 가져갔다가 도로 자신의 입안으로 넣는다. 그리고 생선에 스며든 식초를 쪽쪽 빤 뒤 딱딱한 뼈는 잘게 씹어서 다시 그걸 멀리 가져갔다 가까이 들이댔다 높이 올렸다 내렸다 장난질을 한다. 그에 맞춰 리리는 앞발을 밥상에서 떼더니, 가슴 양 쪽에 유령 손처럼 바짝 붙이고 아장아장 따라간다. 그러다가 생선이 머리 바로 위에서 멈추면 이번에는 그것을 목표로 달려든다. 재빨리 먹이를 낚아채려다가 간발의 차이로 실수 할 때는 다시 뛰어 오르기를 반복한다. 이렇게 해서 겨우 전갱이 한 마리를 얻는 데 5분에서 10분이나 걸린다. 그런 똑같은 짓을 쇼조는 몇 번이나 되풀이 하는 것이다. 한 마리 주고, 한 잔 마시고. 그러고 나면 또 부른다.

"리리-"

부르면서 다음 전갱이를 집어 올린다. 접시 위에는 새끼손가락만 한 전갱이가 열두 서너 마리 있었는데 쇼조 자신이 제대로 먹은 것은 고작 서너 마리 정도다. 나머지는 초간장만 빨아 먹고 리리에게 몸통을 다 줘버렸다.

"아, 아이, 아파라! 이놈!"

결국 쇼조가 괴성을 내질렀다. 리리가 어깨 위로 펄쩍 뛰어올라가 발톱을 세웠기 때문이다.

"이놈! 내려가! 내려가라니까."

9월 중순이 지나 늦더위도 한풀 꺾였지만 뚱뚱한 사람은 누구나 그렇듯 더위도 많이 타고 땀도 많은 쇼조가 이번 홍수로 흙투성이가 된 툇마루 끝으로 밥상을 들고 나와, 반소매 위에 털실 복대를 하고 마 잠방이만 입은 채 양반다리를 하고 있다. 리리는 포동포동 둥근 언덕 같은 쇼조의 어깨 위로 뛰어 올랐다가 주르르 미끄러지지 않으려고 날카로운 발톱을 세웠다. 달랑 홑겹인 지지미 셔츠를 뚫고 발톱이 살을 파고드니까 "아, 아파, 아파" 하고 비명을 지르고 "에이, 안 내려가!" 하고 어깨를 이리저리 흔들며 기울여보기도 하지만 그럴수록 리리가 더 떨어지지 않으려고 발톱을 세우는 바람에 결국 피가 방울방울 셔츠에 스며들었다. 그래도 쇼조는 "아파 죽겠네" 하고 투덜거리면서도 결코 화를 내지 않는다. 리리는 그것을 꿰고 있는 듯 뺨에 얼굴을 비벼대며 애교를 떨다가 쇼조가 생선을 먹으려고 하면 대담하게 자신의 입을 주인의 입가로 가져간다. 쇼조가 입을 우물거리면서 혀로 생선을 내밀면 휙 달려드는데 한 번에 덥석 물 때도 있지만 물다가 주인의 입가를 기쁜 듯이 핥아대기도 하고 둘이서 생선 양끝을 입으로 물고 잡아당기기도 한다. 그 사이 쇼조는 "으윽" "퉤퉤" "저리 비켜!" 하며 맞장구치고 얼굴을 찡그리거나 침을 퉤퉤거리며 뱉으면서도 실은 리리와 함께 서로 즐기는 것이다.

"어이, 왜 그래?"

드디어 잠시 멈춘 쇼조가 슬며시 술잔을 내밀자 아내는 화가 난 얼굴이다. 방금 전까지는 기분이 좋았었는데 무슨 일인지 아내는 술도 안 따라 주고 팔짱만 낀 채 쇼조 쪽을 빤히 쳐다보고 있다.

"술 더 없어?"

쇼조는 내밀었던 잔을 뒤로 빼며 흠칫흠칫 후쿠코의 눈치를 봤지만 상대는 밀리지 않는다.

"나랑 얘기 좀 해" 하고 말을 꺼내더니 화난 듯 입을 다물었다.

"뭐야, 무슨 이야기?"

"자기, 그 고양이 시나코 씨에게 줘버려."

"뭐라고?"

아닌 밤중에 홍두깨라더니, 그게 무슨 말이냐며 연방 놀란 토끼눈을 했지만 후쿠코도 그에 지지 않는 사나운 표정이기에 쇼조는 더 혼란스러워졌다.

"갑자기 왜 이래?"

"그냥 줘버려. 내일 쓰카모토 씨를 불러서 빨리 넘기라고."

"도대체 그게 무슨 말이야?"

"왜, 싫어?"

"가만있어봐. 밑도 끝도 없이 무슨 소리야 그게? 뭐가 거슬리기라도 했어?"

리리에 대한 질투가 아닐까 하는 생각도 들었지만 도저히 이해할 수 없는 건 후쿠코도 고양이를 몹시 좋아한다는 것이다. 쇼조가 전처 시나코와 살고 있을 때, 시나코가 종종 고양이를 질투한다는 말을 듣고 후쿠코는 그런 시나코를 비정상이라고 놀려댔었다. 또한 쇼조가 고양이를 좋아하는 것을 잘 알고 이 집에 온 거였고 그때부터 쇼조만큼은 아니지만 후쿠코도 리리를 예뻐했다. 그래서 식사 때마다 부부가 마주한 상에 리리가 항상 끼어들어도 지금까지 뭐라고 한 적이 없었다. 그뿐 아니라 오늘처럼 저녁식사 때는 리리와 장난치며 느긋하게 반주를 즐겼다. 남편과 고양이가 연출하는 서커스 곡예 같은 진풍경을 후쿠코도 즐기고 때로는 자신도 먹이를 던져주며 달려들게 했다. 리리가 있어서 두 사람의 신혼 생활은 훨씬 재미있었다. 식탁의 분위기를 밝게 해줄지언정 방해가 되지는 않았다.

그렇다면 도대체 뭐가 문제일까? 불과 어제까지, 아니, 바로 조금 전 반주를 대여섯 잔 할 때까지도 아무 일 없었는데 어느 틈에 분위기가 바뀐 것을 보니 뭔가 거슬리기라도 한 걸까. 아니면 '시나코에게 줘버려' 하고 말했던 걸 보면 갑자기 시나코가 불쌍해지기라도 한 걸까.

그러고 보니 시나코가 이 집을 나갈 때 교환조건의 하나로 리리를 데리고 가겠다고 간청했던 적이 있었다. 그 뒤로도 쓰카모토를 통해 두어 번 그런 뜻을 전해온 것도 사실이다. 그러나 그럴 때마다 쇼조는 그런 요구는 들어주지 않는 게 낫겠다 싶어 거절했었다. 쓰카모토의 말에 의하면 시나코의 심정은 다음과 같았다.

'부부로 살아온 아내를 내치고 다른 여자를 끌어들인 변변찮은 남자에게 아무 미련도 없다고 말하고 싶지만 지금도 쇼조를 잊지 못한다. 아무리 원망하고 미워하려고 다짐해도 소용없어서 하다못해 추억이 될 만한 기념품이라도 갖고 싶다. 그러니 리리를 내게로 넘겨주었으면 좋겠다. 함께 살던 때는 너무 지나치게 귀여워하는 게 끔찍이 싫어서 몰래 괴롭히기도 했지만 지금은 그 집에 있던 물건이 다 그립다. 그 중에서도 리리가 제일 그립다. 리리만이라도 쇼조의 아이처럼 여기고 정성껏 돌보며 사랑해주고싶다. 그렇게 하면 괴롭고 비참한 기분을 어느 정도는 달랠 수 있을 것 같다.'

"이봐, 쇼조. 고양이 한 마리 가지고 왜 그래. 시나코가 불쌍하잖아."

쓰카모토가 말했다.

"그 여자 말, 곧이곧대로 믿으면 안 돼."

쇼조는 언제나 그렇게 대답할 뿐이었다.

'그 여자는 아무튼 밀고 당기기에 능하고 속을 알 수 없으니 무슨 말을 해도 의심부터 해봐야 돼. 황소고집인데다가 지기 싫어하는 주제에 헤어진 남자에게 미련이 있다는 둥 리리가 귀여워졌다는 둥 솔깃한 말을 하는 게 수상해. 그 여자가 뭣 때문에 리리를 귀여워하겠어? 자기가데려가서 실컷 괴롭히고 분풀이하려는 거겠지. 그게 아니라면 내가 좋아하는 것 뭐 하나라도 빼앗으려는 심보겠지.'

그런 유치한 복수가 아니라 훨씬 깊은 속셈이 있는지도 몰랐지만 단순한 쇼조는 상대의 속을 모르니까 괜히 무서워하고 반감을 가졌다. 그렇지 않아도 그 여자는 자기 멋대로 조건을 내세우지 않았는가. 하지만 애당초 쇼조가 잘못한 것이고 하루라도 빨리 시나코가 나가주었으면 해서 웬만한 건 다 들어주었는데 이번엔 리리까지 데리고 가겠다니. 그래서 쇼조는 쓰카모토가 아무리 말해도 그 특유의 두루뭉술한 핑계로 슬쩍 넘기곤 했던 것이다. 물론 후쿠코도 안 보내는 데 찬성을 했었고 그 태도도 쇼조보다 훨씬 완강했었다.

"설명 좀 해봐. 뭣 때문에 그러는 지 난 도무지 이해가 안가."

그렇게 말하며 쇼조는 술병을 집어 들고는 혼자 따라 마셨다. 그러다 허벅지를 찰싹 때리고 그 주변을 두리번거리며 중얼거렸다.

"모기향 없어?"

날이 어둑해지자 모기떼가 나무 울타리 밑에서 앵앵거리며 툇마루 쪽으로 몰려왔다. 좀 배불리 먹은 듯 밥상 밑에 느긋하게 있던 리리가 자신의 문제가 불거지자 슬금슬금 뜰로 내려가서는 울타리 밑을 기어나가 어딘가로 가

버렸다. 마치 말귀라도 알아듣는 것 같아 웃겼지만 리리는 평소에도 식사 후 슬그머니 사라지곤 했었다. 후쿠코는 조용히 부엌으로 가서 나선형 모기향을 찾아와 불을 붙여 상 밑에 놓았다. 그리고 이번에는 부드럽게 말을 꺼냈다.

"자기, 그 전갱이, 모두 리리에게 먹였지? 자기는 세 마리밖에 안 먹었지?"

"그런 걸 어떻게 다 기억해."

"난 똑똑히 봤어. 처음엔 접시에 열세 마리 있었거든. 그런데 리리가 열 마리 먹고 자기는 세 마리 먹었잖아."

"그게, 뭐 잘못됐어?"

"뭘 잘못했는지 모르겠어? 잘 생각해 봐. 내가 그깟 고양이에게 질투하는 게 아니야. 그렇지만 난 전갱이 초절임이 싫은데 자기가 좋아한다며 만들어 달랬잖아. 그러고선 자기는 조금밖에 안 먹고 리리에게만 주다니……."

후쿠코의 말은 다음과 같았다.

한신전철 선로 변을 따라 나있는 동네들인 니시노미야, 아시야, 우오자키, 스미요시에는 생선장수들이 "펄펄 뛰는 전갱이가 왔어요" "펄펄 뛰는 정어리가 왔어요" 하고 외치면서 인근 바다에서 잡은 전갱이나 정어리를 매일같이 팔러왔다. '펄펄 뛴다'는 말은 '갓 잡아 올렸다'는 말로, 가격은 한 무더기에 10센*에서 15센이었다. 그것만으로도 서너 식구가 먹을 정도의 반찬이 되니까 잘 팔렸다. 그래서 생선장수가 하루에도 몇 사람이나 왔다. 여름철에는 전갱이나 정어리의 크기가 손가락 한마디 정도이고 가을에 가까워질수록 쑥쑥 큰다. 작은 것은 소금구이용으로

---

* 일본의 화폐단위 엔의 백분의 일

도 튀김용으로도 마땅치 않아 그대로 구워서 초간장에 담가 생강 저민 것을 얹어 뼈째 먹을 수밖에 없다. 그렇지만 후쿠코는 전부터 이 초간장이 싫다고 했다. 후쿠코는 뜨겁고 기름진 걸 좋아해서, 이렇게 차갑고 흐물거리는 걸 먹게 되면 서글퍼진다고 투정을 부리곤 했다. 그러면 쇼조는 또 "너는 너 좋아하는 거 먹으면 돼. 나는 자잘한 전갱이가 먹고 싶으니까 내가 요리하지 뭐" 하고 "펄펄 뛰는 전갱이" 하고 외치는 소리가 나면 생선장수를 맘대로 불러들여 전갱이를 사 버렸다.

후쿠코는 쇼조와 외사촌 간이다. 시집오게 된 사정이 있는 만큼 시어머니를 어려워할 이유도 없었고, 다음날부터 제멋대로 행동했지만 그렇다고 남편 손에 부엌칼을 들게 할 수는 없었다. 결국 후쿠코는 전갱이 초절임을 만들었고 그것을 싫어하면서도 쇼조와 함께 먹게 되었다. 게다가 벌써 이런 일이 대엿새나 계속되었는데 후쿠코는 이삼일 전에 문득 알게 되었다. 쇼조가 아내의 불평을 들으면서도 밥상에 올린 전갱이를 자신이 먹기는커녕 리리에게 난 주고 있다는 것을. 그리고 곰곰이 생각할수록 전갱이는 잔챙이라 뼈가 부드러워 살을 바를 필요도 없고 가격에 비해 마리 수가 많았다. 게다가 차가운 요리여서 매일 밤 저런 식으로 고양이가 먹기에도 딱 좋았다. 그러니까 쇼조가 좋아한다는 그 말인즉슨 고양이가 좋아한다는 말이었다. 이 집에서는 남편이 아내의 취향은 무시하고 고양이 입맛에 맞춰 저녁 반찬을 정하는 셈이었다. 그러니 남편을 위한답시고 참았던 아내는 사실 고양이를 위해 요리를 만들어 고양이에게 시중드는 꼴이 된 것이다.

"그럴 리가 있나. 항상 내가 먹고 싶어서 부탁하는데 리리가 저렇게 집요하게 달라는 바람에 그만 얼떨결에 자꾸자꾸 던져주게 된 거지."

"거짓말. 자기는 처음부터 리리에게 먹이려고 전갱이를 좋아하지도 않으면서 좋아한다고 말한 거지. 자기는 나보다 고양이가 소중하지?"

"설마 그럴 리가……."

쇼조는 아니라고 펄쩍 뛰었으나 후쿠코가 던진 그 한마디로 완전히 기가 죽었다.

"그렇다면 내가 더 소중하단 말이야?"

"당연하지. 정말 어이가 없네."

"그럼 말로만 하지 말고 행동으로 보여줘. 안 그러면 자기 말은 못 믿겠어."

"내일부턴 전갱이 안 살게. 그럼 됐지?"

"그러지 말고 리리를 보내버려. 저 고양이만 없으면 돼."

설마 후쿠코가 진심으로 말한 것은 아닐 테지만 건성으로 대했다가 고집을 피우면 귀찮아지니까 쇼조는 별 수 없이 다소곳이 무릎을 꿇고 앉아 앞으로 몸을 숙인 채 두 손을 무릎 위에 얹고 가엾은 표정으로 애원하듯이 말했다.

"괴롭힘 당할 줄 알면서도 그 집에 주자는 거야? 그런 잔인한 말이 어디 있어! 제발 부탁이야. 그런 말 하지 마."

"거봐. 역시 고양이가 더 소중한 거잖아. 리리를 어떻게 못하겠다면 내가 이 집에서 나가버려야지."

"말도 안 돼!"

"난 짐승과 똑같은 취급을 받는 건 싫다고."

너무 화를 내서인지 눈물이 핑 돌자 후쿠코는 당황해서 남편에게 등을 놀렸다.

유키코의 이름으로 시나코가 보낸 편지가 도착한 날 아침, 후쿠코가 처음에 느낀 감정은 이랬다.

'이런 장난질을 해서 우리 사이를 이간질하려고 하다니 얼마나 괘씸한 사람인가, 누가 그런 사람에게 속아 넘어갈 줄 알아?'

시나코는 '이런 식으로 편지하면 결국 후쿠코는 리리가 있는 게 신경 쓰여 이쪽으로 넘겨줄지도 몰라. 그렇게 되면 그것 봐라. 남을 비웃더니 너도 고양이에게 질투를 하고 있잖아. 너도 남편에게 그다지 소중한 존재가 아니구나. 박수치며 놀려줘야지. 그렇게까지는 안 되더라도 이 편지 때문에 가정에 풍파가 인다면 그것만으로도 고소해' 하고 생각할 게 틀림없었다. 후쿠코는 '그 코를 납작하게 해 주려면 더 사이좋은 부부로 지내면서 이런 편지 따위로 문제가 되지 않는 걸 보여줘야지. 그리고 우리부부 모두 리리를 귀여워하고 절대로 보내지 않을 거라는 걸 단단히 알게 해줘야지' 하고 생각했다. 그 이상의 좋은 방법은 없는 것 같았다.

그렇지만 공교롭게도 이 편지가 온 시기가 안 좋았

다. 왜냐하면 마침 그 이삼일 내내 전쟁이 사건이 마음에 걸려 남편과 한바탕하려던 바로 그 참이었기 때문이다. 후쿠코는 원래 쇼조만큼이나 고양이를 좋아한다고 생각했지만 사실 그 정도는 아니었다. 쇼조의 기분도 맞추고 시나코에게 보란 듯이 보여주려다 보니 절로 고양이를 좋아하게 되었던 것인데 주변사람들에게도 그렇게 비쳤다. 그건 후쿠코가 아직 이 집에 익숙하지 않았고 몰래 시어머니인 오린과 한통속이 되어 오로지 시나코를 쫓아낼 궁리만 하고 있던 때였다. 그런 사정으로 여기에 와서도 리리를 귀여워하고 고양이를 무척 좋아하는 사람으로 통했는데 갈수록 그 작은 짐승의 존재가 저주스럽게 여겨졌다.

이 고양이, 리리는 서양종이라고 했다. 후쿠코가 예전에 손님으로 이 집에 왔을 때 리리를 무릎에 앉힌 적이 있다. 리리의 부드러운 촉감이며 결 고운 털이며 얼굴 생김새며 그 예쁜 모습이 근처에서는 좀처럼 보기 힘든 암고양이의 것이라고 생각했다. 그래서 그때는 정말 귀여워했다. 이런 고양이를 귀찮게 여기는 시나코를 비정상이라고 생각했다. 아무리 남편에게 미움 받는다 해도 어째서 고양

이에게까지 그런 마음을 가질 수 있는지 정말 이상하다고 생각했다. 그런데 지금 후쿠코 자신이 후처로 들어와 보니 남편이 시나코 때와 달리 자신을 아껴준다는 걸 알면서도 시나코를 우습게 여길 수 없는 게 묘했다. 왜냐하면 쇼조가 고양이를 좋아하는 게 그냥 좋아하는 정도가 아니라 도가 지나쳤기 때문이다. 귀여워하는 건 그렇다 쳐도 생선한 마리를 (그것도 아내가 보는 앞에서!) 입으로 옮겨주고 입으로 밀고 당기는 것은 아내를 너무 무시하는 처사였다. 그리고 고양이가 저녁 식사 자리마저 끼어드는 게 솔직히 유쾌하진 않았다. 저녁엔 시어머니가 눈치껏 서둘러 식사를 끝내고 2층으로 올라가주니 후쿠코 입장에서는 둘만의 오붓한 시간을 보내고 싶은데 고양이란 녀석이 껴들어 남편을 가로챘다. 마침 오늘밤은 안 보이나 싶다가도 밥상다리를 펴는 소리, 접시 부딪히는 소리만 들리면 어디에선가 불쑥 나타났다. 가끔 리리가 집에 안 들어올 때면 얄미운 사람은 도리어 쇼조였다. "리리!" "리리!" 하고 큰 소리로 불러댔다. 리리가 돌아올 때까지 몇 번이고 2층으로 올라갔다가 뒷문으로 돌아갔다가 현관문을 들락날락하며 불러댔다. 곧 돌아올 테니까 한잔 마시고 있으라며 후쿠코가 술을 따라주려 해도 안절부절못하고 가만히 있질 못했다. 그의 머릿속은 온통 리리뿐, 아내 마음이 어떤지는 눈곱만큼도 생각하지 않나보다. 또 하나 기분 나쁜 것은 잠자리에까지 끼어드는 것이다. 쇼조가 말하기를 지금까지 고양이를 세 마리 키워 봤는데 모기장을 비집고 들어오는 것은 리리뿐이라고 리리를 '똑순이'라고 했다. 그 말대로 리리를 가만히 보면 머리를 방바닥에 바싹 붙이고는 스르르 모기장 밑자락으로 기어들어온다. 보통은 쇼조 옆에서 자는데 추워지면 이불 위로 올라온다. 결국에는 모기장 안으로 기어들어올 때와 같은 요령으로 베갯머리 사이로 들어와 이불속으로 파고든다. 그래서 이 고양이만큼은 부부의 모든 비밀을 다 지켜본다.

그런데도 후쿠코가 지금까지 속내를 감추고 참아 왔던 것은 후쿠코가 이제 와서 딱히 고양이가 싫다고 할 타이밍을 놓친 데다가 '상대가 고작 고양이인데 뭐' 하는 자신감도 있었기 때문이다.

'고양이는 그저 재롱상대이고 사실 남편이 좋아하는

건 나야. 그에게 나는 하늘땅과도 바꿀 수 없는 존재인데 이상한 생각을 하면 내가 우스운 사람이 되지. 좀 더 마음을 크게 먹고 아무 죄도 없는 동물을 미워하지 말아야지.'

그렇게 마음을 바꿔먹고 남편의 취미에 맞춰왔다. 하지만 원래 참을성 없는 후쿠코라 마냥 버틸 수도 없는 데다, 불쾌감이 쌓여 얼굴에 티가 나던 참에 터진 일이 이번 전갱이 사건이었다. 남편이 고양이를 기쁘게 하려고 아내가 싫어하는 것을 밥상에 올렸다. 그것도 자기가 좋아하는 척하면서 아내를 속였다! 이건 고양이와 아내를 저울에 단다면 고양이가 더 무겁다는 말이다. 후쿠코는 애써 외면하려고 했던 사실을 눈앞에서 생생히 보고나니 더 이상 여유 부릴 처지가 아니란 걸 깨달았다.

그런 참에 시나코의 편지가 날아들어 후쿠코를 더 질투에 타오르게도 했지만 사실 어떻게 보면 폭발 직전에서 막아주는 역할도 했다. 시나코가 아무 말도 하지 않았더라면 리리가 끼어드는 것을 더 이상 두고 볼 수 없던 후쿠코가 하루빨리 남편과 담판을 짓고 리리를 시나코에게 보냈을 것이다. 그런데 저렇게 미운 짓을 하는 걸 보면 솔직히 요구를 들어주는 것도 부아가 났다. 남편에 대한 반감과 시나코에 대한 반감, 어느 쪽을 따르는 게 좋을지 진퇴양난이었다. 편지가 왔다는 사실을 남편에게 있는 그대로 말하면, 그렇지 않은데 시나코의 부추김에 넘어간 꼴이 되는 게 싫어서 비밀로 해두었다. 그리고 누가 더 싫은지 따져보니 시나코가 하는 짓도 화가 나지만 남편의 짓거리도 참을 수 없었다. 게다가 날마다 눈앞에서 보니 절로 화가 치밀었다. 솔직히 말하면 '조심하지 않으면 당신도 고양이에게조차 버림받을 수 있어요'라고 편지에 쓴 시나코의 말이 뜻밖에도 마음에 쿵 와 닿았다. 설마 그런 어처구니없는 일은 안 생기겠지만 리리를 내쫓으면 쓸데없는 걱정을 하지 않아도 됐다. 하지만 그렇게 해서 시나코가 후련해하는 꼴 역시 도저히 못 참겠다 싶었다. 그런 오기가 생기자 고양이를 참고 말지 시나코의 계략에 말려들기 싫다는 오기가 생겼다. 후쿠코는 오늘 저녁 밥상 앞에 앉을 때까지만 해도 심란하고 초조하기는 했지만 참고 넘기려 했다. 그런데 접시 위의 전갱이가 줄어가는 것을 헤아리며 여느 때처럼 노닥거리는 모습을 보고 있자니 그만 버럭 화가 치밀어 남편에게 터트리고 만 것이다.

처음엔 투정만 부리려고 했지 정말로 리리를 쫓아낼 마음은 없었다. 공연히 문제를 만들어 돌이킬 수 없게 된 데는 쇼조의 태도 탓이 컸다. 후쿠코가 화내는 게 당연하니 옥신각신할 것 없이 깨끗하게 후쿠코가 하자는 대로 했으면 쇼조로서는 만사 오케이였을 것이다. 그렇게만 했더라면 다른 건 문제가 안 되니 리리를 보내는 지경까지는 안 갔을 지도 모른다. 그런데 쇼조는 말도 안 되는 핑계를 대며 빠져나가려고 했다. 이것은 쇼조의 나쁜 버릇이었다. 싫으면 싫다고 있는 그대로 말하면 좋을 텐데 상대를 화나지 않게 하려고 막다른 골목에 몰릴 때까지 미꾸라지같이 빠져나가다가 막상 궁지에 몰리면 돌변하곤 한다. 곧 들어줄 법하면서도 절대로 '예스' 하는 법이 없다. 쇼조는 마음이 여려 보이지만 의외로 질기고 교활한 사람이다. 후쿠코는 남편이 다른 일이라면 후쿠코의 뜻대로 들어주면서 이 문제만큼은 "상대가 고양이잖아" 하고 아무것도 아닌 것처럼 치부하고 좀처럼 들어주지 않는 것을 보며 남편의 리리에 대한 애착이 생각보다 훨씬 크다고 생각할 수밖에 없었다. 이 문제를 이대로 안고 갈 수는 없었다.

"있잖아, 자기야."

그날 밤 후쿠코는 모기장 안으로 들어가서 또 이야기를 시작했다.

"잠깐 이쪽으로 돌아누워 봐."

"졸리단 말이야. 잠 좀 자자."

"안 돼, 아까 하던 얘기 안 끝내면 못 자."

"오늘밤만 날이야? 내일 하자고."

밖에 달린 등의 불빛이 커튼이 드리워진 네 장의 가게 유리문 사이로 새어 들어왔다. 어슴푸레해진 방안에서 쇼조가 이불을 젖혀 놓은 채 반듯하게 누워 있다가 후쿠코가 그런 말을 하자 등을 돌렸다.

"자기! 그쪽 보지 말라니까!"

"부탁이야. 제발 좀 자자. 어젯밤에도 모기장에 모기가 들어오는 바람에 한잠도 못 잤어."

"그러면 내가 하자는 대로 할 거지? 빨리 자고 싶으면 결정해."

"너무하네. 뭘 결정하라는 거야."

"그렇게 졸리는 척 해도 소용없어. 리리 보낼 거야 말 거야, 어떻게 할 거야? 지금 확실히 말해."

"내일…… 내일까지 생각해볼게."

그러다 기분 좋게 색색거리며 자는데,

"잠깐!" 하면서 후쿠코가 발딱 일어나 남편 옆에 앉더니 엉덩이를 세게 꼬집었다.

"아얏! 뭐 하는 거야!"

"자기는 늘 리리에게 긁힌 상처투성이면서 내가 한 번 꼬집은 게 그렇게 아파?"

"아파! 에이, 그만두지 못해!"

"이 정도 가지고 뭘 그래. 고양이가 할퀼 바에야 내가 온몸을 꼬집어 줄게."

"아파! 아파! 아파!"

쇼조가 벌떡 일어나 후쿠코를 제지하며 연신 비명을 질러댔다. 2층에 있는 어머니에게 들릴까 봐 큰소리도 내지 못했다. 이제는 그만 꼬집나 했더니 이번에는 할퀴었다. 얼굴, 어깨, 가슴, 팔, 허벅지 어디 할 것 없이 공격하는 걸 씌해 다닐 때마다 우당탕거리는 소리가 집 전체에 울렸다.

"이래도?"

"이제 제발 그만."

"잠이 확 깼지?"

"확 깼어. 아이고, 아파라, 얼얼하네."

"그럼 당장 말해봐. 어느 쪽이야?"

"아아, 아파."

대답은 하지 않고 얼굴을 찡그리며 여기저기 문질렀다.

"또야? 그만 좀 속여!"

손가락으로 뺨을 힘껏 꼬집은 게 펄쩍 뛸 정도로 아팠는지 "아얏, 아파" 하고 쇼조가 우는 소리를 하니 갑자기 리리까지 놀라서 모기장 밖으로 도망갔다.

"왜 내가 이런 꼴을 당해야 돼."

"흥. 리리를 위해서라면 못할 게 없으면서."

"또 말도 안 되는 소리."

"자기가 결판을 낼 때까지 몇 번이고 말할 거야. 자, 내가 나갈까 아니면 리리를 보낼 거야?"

"누가 당신을 보낸대?"

"그럼 리리를 보낼 거야?"

"그렇게 어느 쪽인지 결정하지 않더라도……."

"안 돼. 결정해."

후쿠코는 그렇게 말하고 쇼조의 멱살을 잡고 밀쳤다.

"왜 이렇게 거칠어."

"오늘 밤은 무슨 일이 있어도 그냥 못 있어. 자, 어서.
빨리!"

"알았어. 그럼 할 수 없지. 리리를 보내야지."

"진심이야?"

"진심이지."

쇼조는 체념한 듯이 지그시 눈을 감았다.

"……그 대신 앞으로 일주일만 시간을 줘. 이렇게 말
하면 또 화낼지도 모르지만 아무리 짐승이라고 해도 우리
집에 10년이나 있었잖아. 오늘 말 꺼냈다고 오늘 바로 보
낼 건 없잖아. 그러니까 아무 후회도 남지 않게 제발 일주
일만 있게 해줘. 좋아하는 것 실컷 먹이고 해주고 싶은 것
다 해주고 보내고 싶단 말이야. 안될까? 당신도 그동안만
이라도 달리 마음먹고 귀여워해봐. 고양이는 집착이 강하
니까."

진심인 듯 간절히 애원하는 모습에 후쿠코도 차마 거
절할 수 없었다.

　　"그럼 딱 일주일이야."

　　"알았어."

　　"손 내밀어봐."

　　"왜?" 하고 쇼조가 묻는 사이에 후쿠코는 재빨리 새
끼손가락을 걸고 맹세를 했다.

"엄마!"

사흘이 지난 저녁이었다.

후쿠코가 목욕탕에 간 사이에 가게를 보던 쇼조가 안채로
들어가 조그만 밥상에서 식사하고 있던 모친 옆에 주뼛거
리며 엉거주춤 앉았다.

　"엄마, 부탁이 있어요."

　매일 아침 따로 질ㄱ릇 냄비에다 죽처럼 부드럽게 지

어 놓는, 식어버린 밥을 공기에 담아 다시마장아찌를 올려서 먹는 모친의 구부린 등이 밥상을 덮을 것만 같았다.

"있잖아, 후쿠코가 갑자기 리리가 싫다네. 시나코에 줘 버리래……."

"저번에 아주 난리가 났더구나."

"엄마도 알고 있었어?"

"밤중에 그런 소리가 나서 지진인줄 알았잖아. 그게 그 일이야?"

"응, 이것 봐."

쇼조는 두 팔을 쑥 내밀고 셔츠 소매를 걷어 올렸다.

"이거 몽땅 긁힌 자국이랑 멍이야. 얼굴도 이래. 자국이 남아 있잖아."

"어쩌다 그 꼴이야?"

"질툰가 봐. 바보같이. 고양이를 너무 예뻐한다고 질투를 하다니. 세상에 그런 사람이 어디 있겠어. 미친 거지."

"시나코도 투덜댔잖아. 너처럼 귀여워하면 누구라도 질투하지."

"흐음."

쇼조는 어릴 때부터 모친에게 어리광부리던 습관이 아직까지 남아있어서 응석받이처럼 콧구멍을 벌름거리며 토라져 말했다.

"엄만 무조건 후쿠코 편이네."

"고양이고 사람이고 사랑할 게 따로 있지. 엉뚱한 걸 사랑하고 갓 시집온 색시를 안 챙기면 기분 나쁜 게 당연하지."

"말도 안 돼. 난 언제나 후쿠코를 챙겨. 1순위야."

"정말 그렇다면 좀 힘들어도 후쿠코 말을 들어 줘. 그 애한테서도 다 들었어."

"언제?"

"어제 그러더라. 리리라면 이제 진저리가 난다면서 대엿새 안에 시나코에게 주기로 이미 분명히 약속했다고 하던데 정말이야?"

"그건, 그랬지만…… 그 약속을 지키지 않고도 잘 넘어갈 수 있게 엄마가 어떻게 해줄 수 없어? 그걸 부탁하려고."

"그런데 약속 안 지키면 떠나버린다잖아."

"협박이지, 그건."

"협박인지 몰라도 그렇게까지 말하는데 들어주는 게 어때? 약속을 어기면 또 시끄러울 테고."

쇼조는 얼굴을 찡그린 채 입을 내밀고 아래만 보고 있었다. 어머니에게 후쿠코를 달래달라고 할 심산이었는데 완전히 빗나갔다.

"쟤, 저 분위기로는 정말 도망갈지도 몰라. 그것도 그 거지만 저쪽 부모가 '색시는 나 몰라라 하고 고양이를 더 귀여워하는 집에 딸을 놔둘 순 없지!' 하면 어쩌려고…… 너보다 내가 곤란해."

"그럼, 엄만 리리를 쫓아내라는 거야?"

"그러니까 어쨌든 걔 기분이 풀리게 시나코에게 순 순히 보내버려. 적당히 때를 봐서 기분이 풀리면 다시 데 려오면 되잖아."

이미 준 것을 상대가 돌려줄 리도 없고 돌려받을 수 도 없다는 사실은 쇼조도 잘 알고 있다. 쇼조가 모친에게 기대듯이 모친도 뻔한 말로 어린애 달래듯 쇼조를 구슬리는 버릇이 있었다. 오린은 결국에는 이런 아들을 자기 맘대로 조종했다. 벌써 젊은 사람들이 세루*를 입을 철인데, 오린은 겹옷에다가 얇은 솜이 든 얇은 실내복에 메리야스 버선을 신고 있었다. 오린은 작고 마른 몸집에 생활력 없는 노파처럼 보여도 의외로 판단력이 정확하고 말과 행동이 분명해서 '아들보다 엄마가 똑 부러진다'고 근처에 소문이 날 정도였다. 시나코가 쫓겨난 것도 알고 보면 오린이 조종해서고 쇼조는 아직 미련을 갖고 있다는 것이다. 어쨌든 이 부근에서는 오린을 미워하는 사람이 많고, 시나코를 동정하는 분위기가 우세했다. 그런데 오린의 말로는 아무리 시어머니 마음에 안 드는 며느리라도 아들이 좋아한다면 나갈 리도 없고 또 쫓아낼 이유도 없으니 쇼조가 싫증냈기 때문이란다. 그 말도 맞겠지만 오린과 후쿠코의 부친이 짝짜꿍이 되지 않았다면 쇼조 혼자서 시나코를 쫓아낼 용기가 생겼을 리 없다.

---

* 가는 털실로 짠 모직물

어쩐 일인지 모친과 시나코는 처음부터 삐걱거렸다. 기가 센 시나코가 책을 안 잡히려고 애쓰고, 시어머니에게 꽤나 노력했는데, 그렇게 빈틈없이 구는 게 오히려 모친의 신경에 거슬렸다. "우리 며느리는 딱히 잘못하는 건 없지만 왠지 며느리에게 보살핌을 받고 싶지도 않다. 마음에서부터 노인을 아끼는 살뜰한 마음씨가 없어서 그런 거야." 모친은 자주 그렇게 말했다. 즉 며느리와 시어머니 둘 다 너무 똑 부러지는 게 화근이었다. 그래도 일 년 반은 겉으로나마 아무 탈 없이 지냈는데, 그 뒤로 오린은 며느리가 마땅치 않다며 걸핏하면 이마즈에 사는 오빠 나카지마(쇼조에게는 큰외삼촌) 집에 가서 이틀이고 사흘이고 돌아오지 않았다. 하도 돌아오지 않아서 시나코가 모시러 가면 너 말고 쇼조를 보내라고 했다. 쇼조가 가면 큰외삼촌과 후쿠코까지 한 편이 되어 붙들고 밤이 되어도 보내주질 않았다. 그러는 데는 뭔가 꿍꿍이가 있다고 쇼조는 어렴풋이 눈치 채면서도 후쿠코에게 이끌려 야구장, 해수욕장, 한신 파크 등으로 이리저리 아무 생각 없이 따라다니다 보니 어느덧 둘은 묘한 사이가 되고 말았다.

큰외삼촌은 과자를 만들어 파는데 이마즈에 작은 공장도 있고 국도변에 임대용 주택도 대여섯 채 갖고 있어 여유 있게 살지만 후쿠코 때문에 속을 끓이고 있었다. 엄마를 일찍 잃은 탓도 있겠지만 여고를 2학년 도중에 퇴학당했는지 자퇴했는지 몰라도 그만둔 뒤로 늘 남자문제가 끊이지 않았다. 남자랑 가출도 두어 번 해서 고베의 신문에 실려 '불량소녀'라는 꼬리표가 붙는 바람에 시집을 보내려 해도 좀처럼 나서는 이가 없고 후쿠코 본인도 가난한 집에는 시집가기 싫어했다. 사정이 이렇다 보니 큰외삼촌이 어떻게든 빨리 시집보내려고 초조해 하고 있었는데 오린이 여기에 눈독을 들였다. 후쿠코는 자신의 딸이나 다름없는데다가 성격도 잘 알고 있으니 허물이 있어도 별 상관이 없었다. 품행이 안 좋은 점은 맘에 걸리지만 곧 철이 들 나이니만큼 남편이 생기면 설마 바람을 피우겠나 싶었다. 그런 걸 떠나서 중요한 건 후쿠코에겐 국도변 임대주택이 두 채나 딸려 있어, 거기서 나오는 집세가 매달 63엔이나 된다는 사실이었다. 오린의 짐작대로라면 오빠 나카지마가 그걸 후쿠코 명의로 바꾼 것이 2년 전이라고 하니까 그렇게 쌓인 원금만 해도 1,512엔이었다. 자그마치 그만큼의 지참금에다가 다달이 63엔이 들어오는 것이다. 그걸 은행에 저축하면 10년만 지나도 한 재산이 되니까 무엇보다 그게 맘에 들었다.

　　오린은 늙고 얼마 살지 못할 몸이라 욕심을 내도 크게 덕 볼 일이 없지만 생활력 없는 쇼조가 앞으로 어떻게 헤쳐 나갈지 그 생각만 하면 안심하고 눈도 감을 수 없었다. 게다가 한큐전철이 개통되고 새로운 국도가 생기고 나서 아시야의 국도변은 해가 갈수록 쇠퇴했다. 이런 데서 언제까지 잡화점을 해 본들 별 볼 일이 없었다. 업종을 바꾸려면 결국은 이 가게를 팔아야 하는데 판다 한들 어디서 무얼 해야 할지 대책도 없었다. 쇼조는 그런 일에 아주 낙천적이어서 가난을 힘들어하지 않았지만 그 대신 장사를 나 몰라라 했다. 쇼조는 열서너 살 때쯤 야학에 다니면서 니시노미야의 은행에서 급사로 일도 해보고 아오키의 골프연습장 캐디로도 일했다. 조금 더 나이를 먹고서는 요리사 견습생을 했는데 어느 곳도 오래 다니지 못하고 게으르게 어영부영 빈둥대며 살다가 아버지가 돌아가시자 얼떨결에 이곳 잡화점의 주인이 되었다. 그러고 나서도 가게를 몽땅 모친에게 맡겨두고 아무 일도 하려 들지 않았다. 사내대장부로서 뭔가 번듯한 직업을 구하면 좋겠건만 국도변에 카페를 내고 싶다고 큰외삼촌에게 투자를 권했다 거절당한 것 외에는, 고양이를 귀여워하고 당구를 치고 분재를 좋아하고 싸구려 카페의 여자를 꾀러 가는 정도였다. 지금부터 햇수로 4년 전, 스물여섯 살 때 다다미 가게를 하는 쓰카모토의 중매로 야마아시야의 어느 저택에서 고용살이 하던 시나코를 며느리로 데리고 왔다. 그때부터 장사가 날로 기울어 매월 돈을 변통하느라 정신이 없었다. 아버지 때부터 아시야에 오래 산 덕분에 그간 신용이 있어서 얼마동안은 괜찮았는데, 평당 15센 하는 월세가 2년 가까이 밀려서 어느새 120~130엔으로 불어나자 도저히 갚을 방법이 없었다. 더 이상 쇼조에게 의지할 수 없었던 시나코가 바느질거리를 받아 와서 살림에 보탰다. 그뿐 아니라 급료를 모아 애써 장만한 혼수마저도 쇼조가 손을 대서 금세 팔아먹기까지 했다. 그런 처지라 그 며느리를 쫓아내려는 것은 무자비한 처사라고 주변 동정이 시나코 쪽으로 더욱더 몰렸다. 그렇지만 오린의 입장에서는 대(大)를 위한 소(小)의 희생은 어쩔 수 없었고 아기가 없다는 게 트집 잡기 딱 좋은 구실이었다. 후쿠코 아버지로서도 후쿠코가 시집가면 후쿠코가 가정도 꾸리고 조카의 일가도 돕게 되니 누이 좋고 매부 좋은 격이었다. 그게 불난 데 부채질하는 격이 되었다.

후쿠코가 쇼조와 그렇게 된 것은 부친과 오린의 짝짜꿍이 맞아서였겠지만 원래 쇼조는 누구에게나 호감을 끄는 스타일이었다. 그다지 미남은 아니지만 나이를 먹었어도 아이 같은 구석이 있고 마음씨가 착한 것도 한몫 했을 것이다.

캐디를 할 때는 골프장에 온 신사나 부인들에게 사랑받아 명절 선물도 누구보다 많이 받았고, 카페에서도 제법 인기가 있어서 돈을 조금 내고도 죽치고 있는 데 익숙해지자 나중에는 그런 곳에서 빈둥거리며 노는 습관까지 붙었다. 그런데 오린의 입장에서는 후쿠코를 집에 데려오기까지 온갖 정성을 들여 애를 썼다는 점이 중요했다. 지참금이 딸린 며느님이다 보니 몸가짐이 헤픈 후쿠코가 행여 도망갈까 아들과 둘이 후쿠코의 눈치를 살피느라 고양이 따위는 처음부터 문젯거리도 아니었다. 아니, 사실 오린도 속으로는 고양이에게 질려있었다. 쇼조가 일했던 고베의 레스토랑에 있던 고양이를 집으로 돌아올 때 데리고 왔는데 고양이 때문에 집이 더러워질 때가 많았다. 쇼조가 말하기를 이 고양이는 절대로 누지 말아야 할 곳에서는 실례를 하지 않고 용변을 볼 때는 반드시 고양이용 변기로 오는 영리한 고양이라고 했다. 그런 점은 기특했지만 집 밖

에 있다가도 돌아와서 꼭 고양이용 변기에다 볼일을 보니 냄새가 지독했다. 그 악취가 온 집안에 풍겨 숨을 못 쉴 정도였다. 게다가 엉덩이 가장자리에 모래가 묻은 채 집안을 돌아다니는 바람에 항상 다다미가 버석거렸다. 비오는 날에는 한층 심한 냄새가 집안에 꽉 차서 숨이 막힐 지경인데다가 진창을 밟고 다닌 몸으로 돌아오니까 고양이 발자국이 집안 여기저기에 나있었다. 또 리리가 현관이든 방문이든 창호지문이든 미닫이문이기만 하면 사람처럼 열 줄 아는 것을 보고 쇼조는 이렇게 똑똑한 고양이는 드물다나 뭐라나 극성이었다. 그렇지만 이 한심한 짐승은 문을 열 줄만 알지 닫을 줄은 몰라서 추울 때 들락거리고 나면 일일이 닫아야 했다. 그것까지는 괜찮은데 창호지문은 구멍투성이고 방문과 나무문은 긁힌 자국투성이가 되곤 했다. 또 곤란한 것은 날 것이고 찐 것이고 구운 것이고 간에 깜빡하고 아무데나 두면 안 된다는 것이었다. 자칫하면 날름 먹어치우기 때문에 밥상을 차리는 잠깐 사이라도 찬장 안이나 덮개를 씌워서 보관해야 했다. 아니 그것보다 끔찍한 것은 이 고양이가 용변 처리는 깔끔해도 입 처리는 엉망이라 가끔씩 토하기도 한다는 것이다. 그 이유는 쇼조가 앞에서 말한 곡예에 심취해 먹이를 너무 많이 던져주는 바람에 과식한 탓이었다. 저녁식사 후 밥상을 치우면 그 주변에 털이 잔뜩 떨어져 있었고 먹다만 생선대가리와 꼬리가 어질러져 있었다.

시나코가 시집올 때까지는 부엌일이나 청소는 오린이 도맡아 했다. 오린이 리리 때문에 꽤 고생스러워도 이제껏 참아온 것은 어떤 사건이 있었기 때문이다. 지금부터 5, 6년 전, 쇼조를 억지로 설득해서 고양이를 아마가사키에 있는 야채가게에 한번 보낸 적이 있었는데 한 달쯤 지난 어느 날 불쑥 아시야에 있는 집으로 혼자 되돌아왔던 것이다. 개라면 이상할 것도 없지만 고양이가 전 주인을 그리워해 50~60리나 되는 길을 찾아오다니 애처롭기 그지없었다. 그 이후로 쇼조가 예전보다 훨씬 귀여워했다. 오린이 봐도 불쌍하기도 하고 기분도 좀 으스스해서 그 뒤로는 아무 말을 안 했다. 나중의 후쿠코도 마찬가지였지만 시나코가 오고 나서는 며느리를 괴롭히는 데 리리의 존재가 오히려 도움이 돼서 오린은 리리에게 상냥하게 한두 마디 정도는 건네곤 했다. 그러던 모친이 갑자기 후쿠코 편을 드는 것을 보고 쇼조는 의아했다.

"리리를 억지로 보내봤자 또 돌아올 거야. 아마가사키에서도 돌아온 고양이니까."

"그렇지. 이번에는 아주 모르는 사람에게 보내는 것도 아니고. 거기는 어떨지 몰라도 만약 돌아오면 다시 키우더라도. 어쨌든 보내봐."

"아, 어쩌지. 미치겠네."

쇼조가 연신 한숨을 쉬면서 아직 미적거리고 있는데 밖에서 발소리가 났다. 후쿠코가 목욕탕에서 돌아온 것이었다.

"되도록 살살 데려가야 해.

막 흔들고 가면 안 돼.

고양이도 차멀미를 하니까. 쓰카모토, 알겠지?"

　"그래, 알았어. 그걸 몇 번씩이나 말해."

　"그리고 이거."

　쇼조는 신문지에 싼 작고 납작한 꾸러미를 건넸다.

　"있잖아, 이젠 리리와 헤어지니까 떠나기 전에 맛있

는 것 먹이고 싶었는데 차타기 전에 뭘 먹이면 멀미를 심하게 하거든, 그래서 굶겼어. 얘가 닭고기를 좋아해서 사다가 푹 삶은 거야. 거기에 도착하면 이거 바로 먹이라고 전해줘."

"알았어. 그렇게 할 테니 걱정 붙들어 매. 다른 용건은?"

"음, 잠깐만 기다려 봐."

그렇게 말하고 쇼조가 고양이가 들어있는 바구니 뚜껑을 열고 한 번 더 리리를 꽉 안아 올리고서는 "리리" 하고 부르며 뺨을 비볐다.

"너, 거기 가서 말 잘 들어. 시나코가 이제 괴롭히지 않고 많이 예뻐해 줄 테니 조금도 무서워할 것 없어. 알았지?"

안기는 걸 싫어하는 리리를 쇼조가 꽉 껴안자 다리를 버둥거려 바로 바구니 안에 놓아주었다. 두서너 번 바구니 주위에 코를 들이밀다가 도저히 나올 수 없다고 여기고 포기했는지 갑자기 얌전히 있는 리리의 모습이 더욱 애처롭게 느껴졌다.

쇼조는 국도변 버스 정류장까지 배웅을 나가고 싶었지만 오늘부터 당분간 목욕탕에 가는 것 외에는 한 발짝도 나가지 말라는 아내의 금지령 때문에 바구니를 든 쓰카모토가 떠난 뒤에 얼빠진 사람처럼 우두커니 가게에 앉아 있었다. 후쿠코가 쇼조의 외출을 금지한 이유는 리리를 걱정한 나머지 자기도 모르게 시나코 집 근처까지 갈지도 몰라서였다. 실은 쇼조 자신도 그럴 우려가 없는 것은 아니었다. 어리숙한 이 내외는 고양이를 건네주고 나서야 시나코의 진짜 속셈을 알게 되었다.

'정말 리리를 미끼로 나를 끌어들이려는 속셈이었나. 그 집 가까이에서 얼쩡대면 다시 유혹이라도 하려는 걸까.' 그런 생각이 들자 쇼조는 점점 더 시나코의 음흉함이 싫어졌고 그런 도구로 사용된 리리가 불쌍해서 견딜 수 없었다. 유일한 기대는 아마가사키에서 도망쳐 왔듯이 한큐선 롯코에 있는 시나코의 집에서 도망쳐 나왔으면 하는 것이었다. 사실은 쓰카모토가 수해 복구 작업으로 바빠서 밤에 데리러 오겠다는 걸 아침에 오라고 한 것도 밝을 때 데려가면 리리가 길을 기억할 것이고 도망쳐오기도 쉬울 것 같아서였다. 그도 그럴 것이 요전에 아마가사키에서 되돌아온 그날 아침이 떠올랐기 때문이다. 가을도 중반에 접어든 어느 날, 새벽이 밝아올 무렵이었다. 자고 있던 쇼조는 귀에 익은 "야옹 야옹" 소리에 눈을 떴다. 그 당시는 결혼을 하지 않은 쇼조가 2층에서 자고 모친이 아래층에서 자고 있었다. 이른 아침이라 아직 창의 덧문이 닫혀있었는데 난데없이 가까운 데서 "야옹 야옹" 하는 것을 비몽사몽 듣고 있자니 아무래도 리리가 우는 소리 같았다. 이미 한 달 전에 아마가사키로 보냈으니 설마 지금 여기에 있을 리가 없었지만 들으면 들을수록 아주 비슷한 소리였다. 버석버석 함석지붕을 밟는 소리를 내며 똑바로 창밖 쪽으로 왔기에 정체나 알려고 벌떡 일어나 창의 덧문을 열어보니 바로 코앞에서 지붕 위를 왔다 갔다 하는 것이 꽤 야위었지만 리리가 틀림없었다. 쇼조는 자신의 눈을 의심하며 불렀다.

"리리!"

"야옹."

리리는 몹시 기쁘다는 듯 그 큰 눈을 한껏 뜨고 올려다보면서 쇼조가 팔꿈치를 걸치고 서 있는 창문 바로 아래까지 다가왔는데 손을 뻗어 안으려고 하자 몸을 돌려 슬그머니 두 세 걸음 도망갔다. 그러나 절대 멀리 가지는 않는다.

"리리!"

"야옹."

다가오는 걸 꽉 잡으려 하자 또 스르륵 빠져나간다. 쇼조는 고양이의 이런 점이 너무 좋다. 되돌아올 정도로 어지간히 그리웠던 모양인데 그렇게 그리운 집에 도착해서 오랜만에 주인의 얼굴을 보고서도 막상 안으려고 하면 도망가 버린다. 그것은 애정을 나타내는 응석 같기도 하고 잠시 떨어져 있다 보니 쑥스러워서 부끄러워하는 것 같기도 하다. 리리는 그런 식으로 부를 때마다 "야옹" 하며 지붕 위를 왔다 갔다 한다. 쇼조는 고양이가 야윈 것을 바로 알았다. 자세히 보니 한 달 전보다 털의 윤기가 없어졌을 뿐 아니라, 목과 꼬리 주변이 온통 진흙투성이고 군데군데 억새풀이 달라붙어 있다. 리리를 보냈던 야채가게도 고양이를 좋아하니 학대했을 리가 없는데, 이 꼴은 고양이 혼자서 아마가사키에서 이곳까지 헤매며 찾아오는 도중에 고생을 했다는 분명한 증거다. 이런 시각에 여기 도착했다는 것은 밤새 걸었다는 것이고 그게 하룻밤일 리는 없고 여러 날이었을 것이다. 아마 며칠 전에 야채가게에서 도망쳐 나와 이길 저길 헤매면서 겨우겨우 집까지 왔을 것이다. 리리가 민가를 따라 나있는 길을 똑바로 따라온 것이 아니라는 것은 몸에 달라붙은 억새 이삭을 보면 알 수 있다. 원래 고양이는 추위를 타는데 아침저녁 찬바람이 얼마나 몸에 파고들었을까. 게다가 요즘은 늦가을이라 잦은 비에 흠뻑 젖어 덤불에 기어들기도 하고 개에 쫓겨서 논으로 숨기도 하고 때론 굶기도 하며 찾아온 것이다. 그렇게 생각하자 얼른 안아 올려 어루만져주고 싶어서 몇 번이나 창밖으로 손을 내밀었다. 그러는 사이 리리도 부끄러운 듯 망설이면서도 서서히 다가와 몸을 비벼대며 주인이 하는 대로 몸을 맡겼다.

그 무렵에 리리가 일주일가량 전부터 아마가사키에서 모습이 안 보였다는 사실을 나중에 야채가게에서 말해줘서 알게 되었다. 쇼조는 지금도 그날 아침에 리리가 울던 소리와 표정을 잊을 수 없다. 이 고양이에게는 그 외에도 여러 가지 일화가 있는데 어떤 때 어떤 표정을 짓고 어떻게 울었는지 그 장면들을 쇼조는 다 기억한다. 예를 들면 쇼조가 처음 이 고양이를 고베에서 데리고 온 날의 생생한 기억이다. 그 날은 마지막으로 일하던 고베의 서양식 요리점을 그만두고 아시야로 돌아왔던 날이니까 쇼조가 꼭 스무 살 때로 아버지의 49재 무렵이었다. 그 전에는 '삼색이'를 키우다가 죽고 난 뒤에 '검둥이'라고 부르던 새카만 수고양이를 그 가게 주방에서 키운 적이 있었다. 그러다가 거기에 물건을 대던 푸줏간에서 귀여운 유럽종이 있다고 해서 생후 3개월이 된 새끼 암고양이를 얻었다. 그것이 바로 리리였다. 그래서 그만 둘 때 검둥이는 서양식 요리점에 놔두었지만 새끼고양이는 넘겨주기가 아까워서 짐과 함께 손수레에 싣고 아시야 집까지 데려왔다.

푸줏간 주인 말로는 영국 사람들은 이런 털을 가진 고양이를 '대모갑(玳瑁甲) 고양이'라고 부른다고 한다. 갈색 바탕에 또렷한 검은 반점이 고루 섞여있고 자르르 윤이 나는 게 과연 잘 닦아 놓은 거북의 껍데기 같았다. 쇼조는 이제껏 이런 털을 가진 사랑스런 고양이를 키워 본 적이 없었다. 원래 유럽 품종 고양이는 어깨선이 일본 고양이처럼 치켜 올라가 있지 않아 어깨선이 고운 미인처럼 산뜻하고 세련된 느낌이 있다. 일본 품종 고양이는 대개 얼굴이 길쭉하고 눈 밑이 움푹하고 뺨의 뼈가 도드라지는데, 리리의 얼굴은 짧고 꽉 찼으며 대합을 엎어놓은 것처럼 이목구비가 뚜렷하고 무지 크고 맑고 예쁜 금빛 눈, 예민하게 씰룩거리는 코가 붙어있었다. 하지만 쇼조가 이 새끼 고양이에게 끌린 것은 이런 털이나 얼굴 생김새나 몸매 때문이 아니었다. 생긴 것으로만 따지면 더 예쁜 페르시안 고양이와 샴 고양이도 있었지만 리리는 특히 기질이 사랑스러운 고양이였다. 아시야에 데려왔을 때는 하도 자그맣고 앙증맞아서 손바닥 위에 올려놓을 수 있을 정도였다. 말괄량이 기질에다 잠시도 가만히 있지 못하는 게 꼭 일고여덟 살

소녀, 아니, 한창 장난꾸러기 초등학교 1, 2학년짜리 여자애를 보는 듯했다. 리리는 지금보다 훨씬 가벼웠는데, 쇼조가 식사할 때 음식물을 집어 들어 머리 위로 올리면 서너 자 이상 펄쩍 뛰어올랐다. 앉아있다가도 순식간에 뛰어오르기 때문에 쇼조는 식사 도중에 종종 일어서야만 했다. 그때부터 리리에게 그 곡예를 시켰는데 젓가락 끝으로 집은 음식물을 향해 세 자, 네 자, 다섯 자 하는 식으로 점점 높이 뛰어오르다가 결국에는 쇼조의 무릎, 가슴, 어깨까지 재빠르게 기어올라 쥐가 건물 대들보를 타고 오가듯 팔을 타고서 젓가락 끝까지 갔다. 어떤 때는 가게의 커튼을 타고 천장까지 발발 기어올라 끝에서 끝까지 건너다니다 커튼을 타고 내려왔다. 그런 동작을 물레방아처럼 반복했다. 게다가 어릴 때부터 표정이 아주 생생해서 눈이나 입 언저리 콧방울을 움직거리거나 숨 쉬는 모습으로 기분 변화를 나타내는 게 사람과 조금도 다르지 않았다. 똑바로 뜬 큰 눈동자는 언제나 초롱초롱했고 어리광 피울 때, 장난칠 때, 물건을 낚아챌 때는 늘 사랑스러웠다. 그런데 제일 우스운 건 화낼 때였다. 조그만 주제에 고양이랍시고 몸을

동그랗게 말고 털을 세워 꼬리를 빳빳이 들고 다리에 힘을
주고 노려보는 모습이, 아이가 어른 흉내를 내고 있는 것
같아서 보는 이를 웃게 만들었다.

쇼조는 또 리리가 처음으로 새끼 낳던 때의 부드러우
면서도 간절한 눈초리를 잊을 수 없었다. 아시야에 데려와
반년쯤 지난 어느 날 아침이었다. 해산 기미가 있던 리리
가 자꾸 야옹야옹 울며 쇼조의 뒤를 쫓아왔다. 빈 사이다
상자에 낡은 방석을 깔아 벽장 안에 넣어주고 그곳에 리리
를 안아 내려놓으니까 잠깐은 상자에 들어가 있더니 금세
벽장문을 열고 나와 또 울면서 따라왔다. 그 울음소리는
쇼조가 여태까지 들어 보지 못한 소리였다. "야아옹" 해도
그 "야아옹" 속에는 지금까지의 "야옹" 소리에는 없던 또
다른 의미가 들어 있었다. "아아, 어쩌면 좋을까요. 왠지
갑자기 제 몸이 이상해요. 놀라운 일이 일어날 것만 같아
요. 이런 기분은 처음이에요. 저 어쩌면 좋아요. 왜 이럴까
요" 하고 말하는 듯이 들렸다. 쇼조가 "걱정하지 마. 이제
곧 엄마가 될 거야" 하고 말하며 머리를 쓰다듬어주자 리
리는 앞발을 쇼조 무릎에 올려놓고 매달리듯이 "야옹" 하

고 울면서 그의 말을 이해하려 애쓰는 듯 눈동자를 이리저리 굴렸다. 쇼조가 리리를 다시 한 번 안아서 벽장 안의 상자에 넣어주며 말했다.

"알았지, 여기 가만히 있어. 나오면 안 돼. 응?"

차분하게 다독이고 나서 문을 닫고 일어서려 하자 "기다려주세요. 제발 거기에 있어주세요" 하고 말하듯이 리리는 또 "야아옹" 하고 애처롭게 울었다. 쇼조도 한층 그 소리에 신경이 쓰여 벽장 틈으로 자세히 들여다보니 고리짝이나 보자기 등의 짐이 쌓여 있는 벽장 제일 안쪽으로 딱 붙은 상자 속에서 리리가 얼굴을 내밀고 "야아옹" 하고 울면서 쇼조 쪽을 보고 있었다. 짐승이 어떻게 저런 애정 어린 눈길을 할까……. 그때 쇼조는 그런 생각이 들었다. 정말 신기하게도 어두운 벽장 안에서 번쩍이는 그 눈은 이제 장난꾸러기 새끼고양이가 아닌, 무어라 형언할 수 없는 교태와 요염함과 애수를 띠고 있는 여인의 눈처럼 보였다. 쇼조는 여자가 아이 낳는 것을 본 적이 없었지만 만일 그 여인이 젊고 예쁘다면 틀림없이 이처럼 원망하듯 애절한 눈빛으로 남편을 부를 것이라고 생각했다. 쇼조는 몇 번이나 벽장문을 닫고 돌아서려다가 다시 들여다보았는데 그럴 때마다 리리는 상자에서 고개를 내밀고 아기가 까꿍이라도 하듯 이쪽을 보았다.

그게 벌써 10년도 더 된 일이다. 시나코가 시집온 게 고작해야 4년째니까 그때까지 6년간 쇼조는 아시야의 집 2층에서 모친 말고는 오로지 리리를 옆에 끼고 살았던 것이다. 그나저나 고양이 성질을 알지도 못하는 사람들이 고양이가 개보다 정이 없다느니 애교가 없다느니 깍쟁이라느니 말하면 '나처럼 고양이와 오래 살아보지도 않고 어떻게 고양이의 귀여움을 알랴' 하는 생각이 늘 들었다. 왜냐하면 고양이라는 동물은 다 어느 정도 부끄러움을 타는 천성이 있어서 낯선 사람 앞에서는 절대로 주인에게 어리광을 부리지 않을뿐더러 이상하리만치 쌀쌀맞기 때문이다. 리리도 모친이 있으면 불러도 모르는 체 하거나 도망을 가버리지만 쇼조랑 둘이 있게 되면 부르지 않아도 제 발로 와서 무릎에 앉아 애교를 부리고 쇼조 얼굴에 이마를 대고 비비적거렸다. 그러면서 그 까칠까칠한 혀로 뺨이며 턱이며 고끝이니 입언저리, 할 것 없이 핥아댔다. 밤에는 꼭 쇼조 옆에 누웠다가 아침이 되면 깨워주는데 그것도 온 얼굴을 핥아서 깨웠다. 추울 때는 이불 가장자리를 밀치고 들어오거나 베갯머리로도 기어드는데 잠자기 좋은 틈을 발견할 때까지는 품속에 파고들기도 하고 가랑이 사이로 가기도 하고 등 주위를 돌아보기도 했다. 그러다 겨우 한 곳을 찾아서 가만히 있다가 마땅치 않으면 금세 자세나 위치를 바꿨다. 결국 고양이는 쇼조의 팔에 머리를 올리고 가슴 쪽으로 얼굴을 두고 마주보고 자는 게 제일 편했나 보다. 쇼조가 조금이라도 움직이면 잠자리가 불편한지 그때마다 몸을 꼬물거리거나 또 다른 틈을 찾았다. 그래서 쇼조는 고양이가 품 안으로 들어오면 한쪽 팔을 베개로 내준 채 되도록이면 몸을 움직이지 않고 가만히 자야 했다. 그런 상태로 쇼조가 나머지 한 손으로 고양이가 제일 좋아하는 곳인 목 언저리를 쓰다듬어 주면 리리는 바로 가르릉거렸다. 그리고 쇼조의 손가락을 깨물기도 하고 발톱으로 긁기도 하고 침을 흘리기도 했는데 그것은 리리가 흥분했을 때 하는 짓이었다.

　그러고 보니 한 번은 쇼조가 이불 안에서 방귀를 뀌

자 이불 위의 가장자리에서 자고 있던 리리가 깜짝 놀라
깬 적이 있었다. 뭔가 요상한 소리를 내는 놈이 숨어있다
고 생각했는지 아주 의심스런 눈초리로 분주하게 이불 안
을 뒤지기 시작했다. 또 어떤 때는 리리가 싫다는 걸 쇼조
가 억지로 안아 올리니까 있는 힘을 다해 손에서 빠져나가
몸을 타고 내려가는 찰나 몹시 지독한 가스를 내뿜었는데
쇼조의 얼굴에 직방으로 맞았다. 이제 막 밥을 먹어 속이
터질듯이 빵빵한 리리의 배를 쇼조가 우연히 두 손으로 꽉
잡은 것이다. 그리고 재수 없게 하필이면 리리의 엉덩이

가 그의 얼굴 바로 아래에 있던 탓에 방귀 세례를 받을 수밖에 없었다. 그 냄새가 얼마나 심했던지 리리라면 죽고 못 사는 쇼조도 그때만큼은 "우웩" 하고 고양이를 마루로 내던졌다. 족제비가 궁지에 몰릴 때 쓰는 수단이 이런 거라지만 리리의 방귀도 정말 지독해서 한번 코에 닿으면 닦고 씻고 비누로 박박 문질러도 그 날 내내 없어지지 않았다.

쇼조는 리리 때문에 시나코와 싸울 때면 "난 리리와 방귀까지 튼 사이야" 하고 밉살맞게 말하곤 했는데 10년이나 함께 살다보니 아무리 고양이라고 해도 보통 인연이 아니었다. 후쿠코와 시나코보다 어쩌면 훨씬 더 가깝다고 할 수도 있었다. 사실 시나코와 사귄 것은 햇수로 4년이지만 실제로 산 건 2년 반 정도다. 후쿠코도 지금 여기로 시집온 지 한 달밖에 안 되었다. 그러고 보면 긴 세월을 함께 한 리리와의 추억이 훨씬 더 많았다. 즉 리리는 쇼조의 과거의 일부인 것이다. 쇼조가 보내기 싫은 건 당연지사였다. 그것을 별난 취미다, 고양이에게 미친 사람이다 하며 뭔가 크게 잘못된 것처럼 취급할 이유가 없는 것이다. 쇼조는 후쿠코의 구박과 모친의 설교에 맥없이 무너져 소중한 친구를 어이없게 건네 준 자신의 나약함과 비겁함이 원망스러웠다. 왜 자기가 좀 더 솔직하고 남자답게 이유를 똑똑히 말하지 못했을까. 왜 아내와 모친에게 좀 더 강력하게 주장하지 못했을까. 그랬다 하더라도 결국에는 져서 똑같은 결과였을지 모르나 별 반항도 하지 않고 백기를 든 것은 리리에 대한 의리를 저버렸어도 보통 저버린 게 아니었다.

만일 리리가 예전 아마가사키에 보낸 그 길로 돌아오지 않았다면 어땠을까……. 그때라면, 쇼조도 일단 동의를 한 뒤 다른 집에 주었으니 깨끗하게 포기했을 것이다. 그러나 그날 아침 함석지붕 위에서 울고 있던 리리를 겨우 붙잡아 뺨을 비비며 꼭 안아주던 순간, '아아, 못 할 짓을 했구나. 나는 못된 주인이었어. 이제부터는 무슨 일이 있어도 아무에게도 주지 않을 거야. 죽을 때까지 우리 집에 둘 거야' 하고 마음속으로 맹세했을 뿐만 아니라 리리와도 굳게 약속한 기분이었다. 그랬는데 이번에 또 이런 식으로 쫓아냈다고 생각하니 아주 인정 없고 매정한 짓을 한 것 같아 가슴이 옥죄어 왔다. 또 더욱 불쌍한 건 요 이삼 년 사이에 부쩍 나이 먹은 티가 나서 몸의 움직임, 눈의 표정, 털에 노쇠한 흔적이 역력했다는 점이다. 그도 그럴 것이 리리를 손수레에 태워 이곳에 데려왔을 때는 쇼조가 스무 살 청년이었는데 내년에는 벌써 서른 줄에 접어든다. 하물 며 고양이 나이 열 살이면 사람으로 따지면 쉰 살, 예순 살 이다. 그걸 생각하면 한창 때만큼 팔팔하지 않은 게 당연하 지만 커튼 꼭대기까지 올라가 줄타기 곡예를 하던 새끼 고 양이의 날렵한 동작이 엊그제만 같았다. 쇼조는 허리 부분 이 홀쭉해지고 머리를 떨구고 흔들거리며 걷는 요즘의 리 리를 보며 모든 게 무상하구나 싶어 한없이 슬퍼지곤 했다.

리리가 얼마나 쇠잔해졌는지는 여러 가지로 알 수 있 었다. 뛰어오르는 게 시원치 않은 것도 그 중 하나였다. 새 끼고양이 때는 쇼조의 키 높이 정도까지는 폴짝 뛰어 올 라 실수 없이 먹이를 가로챘다. 꼭 식사할 때만 아니라 언 제 어떤 물건을 보여줘도 바로 뛰어 올랐다. 그런데 나이 를 먹을수록 점점 높이 뛰지 않았고 그 높이도 낮아졌다. 요즘에는 배고플 때 먹을 것을 보여줘도 그게 자기가 좋아 하는 건지 아닌지를 확인한 뒤에야 비로소 뛰어오르는데,

그것도 자기 머리 위 한 자밖에 안 됐다. 만일 그것보다 높이 들면 더 뛰기를 포기하고 쇼조의 몸으로 올라갔는데 그럴 기운도 없을 때는 그저 먹고 싶다는 듯이 코를 씰룩거리며 그 특유의 애처로운 눈으로 쇼조의 얼굴을 올려다봤다. '제발 나를 불쌍히 여겨주세요. 실은 배가 너무 고파서 먹이에 뛰어오르고 싶은데 이 나이가 되고 보니 예전 같지 않네요. 있잖아요, 부탁이에요. 그런 짓궂은 장난질하지 말고 빨리 그것을 던져주세요' 하고 주인이 마음 약하다는 걸 다 알고 있다는 듯 눈으로 호소했다. 평소 시나코가 불쌍한 눈빛을 보내면 그렇게까지 가슴이 아프지 않았는데 웬일인지 리리의 눈빛을 보면 이상스러울 만치 마음이 시렸다.

새끼고양이 때는 활발하고 사랑스러웠던 리리의 눈이 언제부터 그런 슬픈 빛을 띠었는지 생각해 보니 역시 초산 때부터였다. 그 벽장 안의 빈 사이다 상자 안에서 고개를 내밀고 어찌할 바 모르고 쇼조를 보고 있을 때, 그 때부터 리리의 눈빛에 애수가 깃들기 시작해서 그 뒤로 노쇠해감에 따라 짐짐 더 짙어섰다. 쇼조는 리리의 눈을 살피면서 아무리 영리하다 해도 겨우 작은 짐승이거늘 어째서 이리도 의미 깊은 눈을 하고 있을까, 뭔가 정말 슬픈 일을 생각하고 있나 하고 여기곤 했다. 먼저 키웠던 삼색이와 검둥이는 멍청해서 그런지 몰라도 이런 슬픈 눈을 한 적이 한 번도 없었다. 그렇다고 해서 리리의 성격이 특별히 어두운 것은 아니었다. 어릴 때는 무지 말괄량이였고 어미고 양이가 되어서도 싸움도 상당히 잘했고 활발하게 돌아다니기를 좋아하는 편이었다. 다만 쇼조에게 어리광부리거나 양달에 앉아 지루한 듯한 표정으로 햇볕을 쬐고 있다가도 그 눈에 깊은 시름이 가득 차 금방 눈물이라도 차오르듯이 촉촉해 질 때가 있었다. 그럴 때는 요염한 느낌이 강했는데 나이가 들어감에 따라 초롱초롱했던 눈동자도 희미해지고 눈가에는 눈곱이 끼어 흉하고 애처로워 보였다. 어쩌면 리리 본래의 눈이 아니라 사는 처지나 환경의 분위기에 동화되어 그런지도 몰랐다. 사람도 고생을 하면 표정과 성격이 변하듯이 리리도 그럴 것이라고 생각하면 더욱더 리리에게 미안하기 짝이 없었다. 지금까지 10년 가까이 무척이나 귀여워했지만 언제나 둘만의 쓸쓸하고 답답한 생활만 시킨 꼴이었다. 무엇보다 고양이가 온 것이 모친과 쇼조와 둘이 살 때라 먼저 있던 레스토랑 주방처럼 시끌벅적하지 않았다. 여기에 와서는 모친이 고양이를 귀찮게 여겨 쇼조와 고양이는 2층에서 쓸쓸히 지내야 했다. 그렇게 6년을 보낸 뒤에 시나코가 시집을 왔다. 이 새로운 침입자에게 방해물 취급을 받으니 리리는 더욱 주눅이 들었다.

아니 더욱더 미안한 것이 있었다. 적어도 새끼를 리리가 키우게 했으면 좋았을 걸, 태어날 때마다 서둘러 입양시키고 한 마리도 집에 남겨두지 않았다. 그런데도 이 고양이는 정말이지 새끼를 잘도 낳았다. 다른 고양이가 두 번 낳을 때 세 번을 낳았다. 상대가 어떤 고양이인지 모르지만 태어난 새끼가 혼혈이고 외모가 '대모갑'인 고양이다 보니 가져가길 원하는 사람이 제법 있기는 했다. 그리고 가끔은 가까운 해안가나 아시야 강의 제방에 있는 소나무 그늘에 슬쩍 버리고 왔다. 이게 다 모친에게 눈치가 보여서 그런 것도 있지만 쇼조도 리리가 빨리 늙어가는 게 다산 탓이라고 생각해서, 임신을 못 막을 바에야 젖이라도

못 물리도록 해야겠다는 심산이었다. 리리는 새끼를 낳을 때 마다 눈에 띄게 늙어갔다. 쇼조는 캥거루처럼 배가 볼록해져서 애절한 눈빛을 하고 있는 리리를 보면서 "바보야. 그렇게 몇 번이나 배불뚝이가 되다가는 할망구가 돼버리잖아" 하고 안타까워했다. 수컷이라면 거세하겠지만 암컷은 수술이 힘들다고 하니 그럼 엑스레이라도 쬐게 해달라고 졸라서 수의사가 웃은 적도 있었다. 쇼조로서는 다 리리를 위해서였다. 함부로 하려 했던 것은 아니었다. 그러나 뭐니 뭐니 해도 리리에게서 핏줄을 빼앗아버린 게 한층 리리를 쓸쓸하고 기운 없게 했다는 건 부정할 수가 없었다.

그러고 보니 쇼조는 리리를 무척이나 '고생'시킨 것 같았다. 쇼조가 리리에게 위로 받은 것에 비하면 쇼조는 리리에게 고통만 준 것 같았다. 특히 최근 1, 2년 사이에 있었던 불화와 경제적 어려움으로 집안 분위기가 늘 어수선한 바람에 리리도 거기에 휘말려 어찌할 바를 몰라 했다. 모친이 이마즈에 있는 후쿠코 집에서 누군가를 보내 쇼조를 불러들일 때도 시나코보다 리리가 먼저 쇼조의 옷

자락에 매달려 그 슬픈 눈으로 붙잡았다. 그것을 뿌리치고 나가자 강아지가 쫓아오듯 멀리까지 따라왔다. 그러니 쇼 조도 시나코보다 리리 걱정에 되도록 빨리 돌아오곤 했었 는데 2, 3일이나 늦게 돌아왔을 때는 그렇게 생각해서인 지 몰라도 눈빛이 한층 어두웠다. 그 무렵 쇼조는 이제 이 고양이도 목숨이 얼마 남지 않은 게 아닐까…… 종종 생각 할 때마다 꿈을 한두 번 꾼 게 아니었다. 꿈속에서 쇼조는 친형제가 죽은 것처럼 비탄에 빠져 눈물로 얼굴을 적셨는 데, 리리가 실제로 죽는다면 꿈속보다 더할 것 같았다. 연 이어 그런 생각이 들자 고양이를 순순히 넘겨준 게 새삼 억울하고 한심해서 화가 났다. 리리가 어느 구석에서 원망 스런 눈빛으로 쇼조를 보고 있는 것만 같았다. 이제와 후 회해도 소용없는 일이지만 저토록 늙어 힘이 없는 고양이 를 왜 죄도 없이 쫓아냈을까. 이 집에서 죽을 때까지 함께 살도록 하지 못했을까…….

그날 저녁 쇼조는 평소와 달리 말없이 밥상을 마주하 고 풀이 죽은 듯 잔을 기울였다. 그런 남편을 보면서 후쿠 코가 겸연쩍게 물었다.

"자기, 시나코 씨가 왜 그 고양이를 갖고 싶어 했는지 알아?"

"몰라."

쇼조는 시치미를 뗐다.

"리리를 시나코 씨가 데리고 있으면 틀림없이 자기가 만나러 갈 거라고 생각했나 봐."

"설마 그런 바보 같은 짓을 했겠어."

"그렇다니까. 오늘에야 알았네. 자기, 그 손에 놀아나면 안 돼."

"알았어. 누가 놀아난대."

"정말이지?"

"흥, 걱정도 팔자야."

쇼조가 코웃음을 치며 말하고 나서 또 한 잔 마셨다.

쓰카모토는 오늘은 바쁘니까 2층에 올라가지 않고 간다며

문 앞에 고양이 바구니를 두고 갔다. 시나코는 그것을 들고 좁고 가파른 사다리 계단을 올라가 2층에 있는 자신의 좁은 방으로 들어갔다. 그리고 출입구의 미닫이문과 유리창문을 단단히 닫고 나서야 바구니를 방 한가운데에 내려놓고 뚜껑을 열었다.

이상하게도 리리는 좁은 바구니에서 바로 나오려 하지 않고 의아하다는 듯이 고개만 빼고 한동안 방안을 둘러보았다. 그러더니 그제야 느릿느릿 걸어 나와 이럴 때 대부분의 고양이가 그러하듯이 코를 씰룩거리며 방 안 여기저기 냄새를 맡기 시작했다. 시나코가 "리리!" 하고 두세 번 불러보았지만 쌀쌀맞게 힐끗 볼 뿐, 먼저 출입구와 미닫이 문지방 틈으로 가서 냄새를 맡아보고 그 다음에 창으로 가서 유리 장지문 냄새를 맡고, 반짇고리며 방석, 자, 바느질하던 옷까지 닥치는 대로 하나하나 냄새를 맡으며 돌아다녔다. 시나코가 아까 신문지에 싸여있던 닭고기를 받은 게 생각나서 꾸러미 채로 놔 주었지만, 리리는 관심이 없는지 살짝 냄새만 맡아볼 뿐 쳐다보지도 않았다. 리리가 다다미 위에서 부스럭거리는 불길한 소리를 내며 실내탐색을 끝내고 또 방문 앞으로 가서 앞다리로 방문을 열려고 하기에 "리리, 너 오늘부터 내 고양이야. 이제 아무데도 못 가" 하고 시나코가 막아섰다. 리리는 어쩔 수 없이 부스럭부스럭 돌아다니다 이번에는 북쪽 창가로 가서, 마침 거기 있던 잡동사니 상자에 올라가 발돋움하면서 유리

고양이와 쇼조와 두 여자　　　　　　　　　　　　　83

장지문 밖을 바라보았다.

9월도 어제가 마지막이었다. 이젠 정말 가을답게 맑은 아침이었다. 다소 쌀쌀한 바람이 불어 뒤편 공터에 높이 솟은 대여섯 그루의 포플러의 하얀 나뭇잎이 팔랑거리고 있었다. 나무 너머로 마야산과 롯코산의 정상이 보였다. 집들이 다닥다닥 붙어있던 아시야 집의 2층과는 사뭇 다른 그 풍경을 리리는 도대체 어떤 기분으로 바라보고 있는 걸까. 시나코는 자기도 모르게 자주 이 고양이와 둘만 내버려진 적이 있었다는 생각이 났다. 쇼조도 모친도 이마즈에 나가서 돌아오지 않는 날, 홀로 엽차에 밥을 말아 먹고 있으면 그 소리를 듣고 리리가 다가왔다. 아참, 그렇지. 밥 주는 것도 깜빡 잊고 있었네. 배가 고플 것 같아 가엾어서 남은 밥 위에 말린 멸치를 올려주었더니, 그동안 좋은 식사에 길들여진 탓인지 기쁜 내색도 안 하고 아주 찔끔밖에 먹지 않아서 그만 부아가 끓어 그나마 조금 있던 애정마저도 달아나고 말았다. 밤에는 잠자리를 깔아놓고서 돌아올지 말지 모르는 남편을 쓸쓸히 기다리면, 그 잠자리 위로 실례한다는 인사도 없이 올라와 태연히 다리를 쭉쭉

펴대는 탓에, 막 꿈나라로 가려는 리리를 두들겨 깨워 쫓아냈었다. 그렇게 이 고양이를 마구 구박하기도 했었는데 이렇게 함께 살게 된 것 또한 인연일 것이다. 시나코는 자신도 아시야의 집에서 쫓겨나서 처음 이곳 2층 집에 왔을 때 북쪽 창밖의 산을 바라보며 남편에 대한 그리움에 잠긴 적이 있었기에 지금 저렇게 밖을 보고 있는 리리의 심정을 어렴풋이 알 것 같아 갑자기 눈시울이 뜨거워졌다.

"리리! 자. 이리 와. 이거 먹어 봐."

그제야 시나코는 벽장문을 열고 미리 준비해 두었던 것을 꺼내면서 말했다. 시나코는 어제 쓰카모토에게 소식을 받고 드디어 이곳까지 오게 된 귀한 손님을 환대하기 위하여 오늘 아침은 어느 때보다 일찍 일어났다. 목장에서 우유를 사오랴, 접시와 그릇을 준비하랴, 이 귀한 손님에게는 고양이용 변기가 필요할 것 같아 어젯밤에 서둘러 작은 냄비를 사러 간 것까진 좋았다. 그러나 모래가 없는 게 문제였다. 그래서 근처 공사장에 몰래 들어가 콘크리트에 쓸 모래를 가져와 벽장 속에 준비해 두었다. 그리고 그 우유와 가다랑어 포를 뿌린 밥이 담긴 접시와 테두리 칠이 벗겨진 공기를 꺼냈다. 방 한가운데 신문을 펼치고 병에 든 우유를 공기에 부었다. 그리고선 고향 아시야에서 보내온 특식인 죽순 껍질에 싼 삶은 닭고기를 함께 신문지 위에 펼쳐 놓았다. 그리고 "리리, 리리" 하고 계속 부르면서 접시와 병을 탁탁 두드려 보았지만 리리는 전혀 들리지 않는 척, 여전히 창문 유리에 달라붙어 있었다.

"리리야."

시나코는 애가 타서 불러보았다.

"너 왜 이렇게 밖만 보고 있어? 배 안 고파?"

아까 쓰가모토 말로는 리리가 차멀미를 할까봐 쇼조
가 오늘 아침밥을 굶겼다고 했으니까 꽤 배고플 때가 되었
을 것이다. 원래는 접시나 주발의 소리만 듣고도 바로 뛰
어 들어오는데 오늘은 그 소리도 귀에 안 들어오고 배고픔
도 못 느낄 정도로 오로지 여기서 도망치고 싶은 생각뿐인
가. 시나코는 옛날 이 고양이가 아마가사키에서 되돌아왔
던 이야기를 익히 들어서 당분간은 눈을 떼지 말아야겠다
고 각오는 했었다. 그래도 먹이를 먹고 고양이 변기에 오
줌을 누면 될 것이라 생각해서 그것만 믿었는데 오자마자
이래서야 금방이라도 도망칠 것만 같았다. 동물을 길들이
는 데는 자신처럼 성급해서는 안 되는 줄 알면서도 어떻게
든 먹는 꼴을 보려고 억지로 창가에서 떼어내, 방 한가운
데로 안고 와서 먹이에 코를 들이밀자, 리리가 다리를 버
둥대며 발톱을 세워 할퀴기에 할 수 없이 그냥 내버려두었
다. 그랬더니 또 창가로 돌아가서 잡동사니 상자 위로 올
라갔다.

"리리야! 이것 좀 봐. 이거 네가 제일 좋아하는 거잖

아. 이거 몰라?"

시나코는 리리를 기어이 쫓아가 닭고기네 우유네 하며 집요하게 굴며 코앞에다 들이대기까지 하는데도 오늘만큼은 그렇게 좋아하던 냄새도 통하지 않았다.

생판 모르는 남도 아니고 햇수로 4년이나 한 지붕 아래서 한솥밥을 먹고 살면서 때로는 단 둘이서 사나흘이나 빈집을 지킨 동지인데 너무 쌀쌀맞은 거 아닌가. 미움 받은 것을 여전히 맘에 품고 있는 거라면 짐승인 주제에 건방지다. 이런 생각에 화가 치밀었지만, 여기서 이 고양이를 놓치면 모처럼의 계획이 물거품이 되고 아시야에서도 그것 봐라 하고 박수치며 웃을 게 뻔했다. 이렇게 된 이상 이제부터는 끈기 싸움이었다. 마음이 풀려 다가올 때까지 기다리는 수밖에 없었다. 뭐 저렇게 먹을 것과 변기를 눈앞에 갖다 놓으면 아무리 고집을 부려도 결국 배가 고프면 먹을 테고 먹고 나면 오줌도 누겠지. 그나저나 오늘 시나코는 바빴다. 저녁때까지 꼭 해달라고 부탁받은 일도 있는데 아침부터 아무 일도 손에 잡히지 않았다. 겨우 정신을 차리고 반짇고리 옆에 앉았다. 그리고 남자 옷에 솜을

넣고 부지런히 누볐는데, 한 시간쯤 지나 또 걱정이 되어서 모습을 살펴보았는데 결국 리리는 방구석으로 가서 벽에 바싹 붙어서 웅크린 채 꼼짝달싹도 않고 있었다. 그 모습은 완전히, 짐승이면서도 도망갈 길이 없다는 걸 깨달아 체념하고 명상에 잠겼다고나 할까. 인간으로 치면 큰 슬픔에 잠긴 나머지 모든 희망을 포기하고 죽기로 각오했다고나 할까. 시나코는 불길한 생각에, 살았는지 죽었는지 확인하기 위해서 그쪽으로 다가갔다. 안아 보니 호흡이 골랐다. 흔들어 보고 별 짓을 다 해봐도 아무 저항도 않고 마치 전복처럼 온몸을 둥글게 말고 굳어있는 것이 손가락에 느껴졌다.

'정말이지 얼마나 고집 센 고양인가. 이러니 언제 친해지겠는가. 어쩌면 일부러 저래가지고 내가 방심하는 걸 노리는 건가. 지금은 저렇게 포기한 듯이 있지만 무거운 미닫이문도 열 수 있는 고양이니까 깜빡하고 방을 비우면 그 틈을 타 사라질 셈인가.'

그런 생각이 들자 시나코는 남들처럼 밥 먹으러 가지도 못하고 화장실도 가지 못했다. 점심때가 되자 사다리

계단 아래 1층에서 하쓰코가 불렀다.

"언니, 밥 먹자."

"알았어."

시나코는 일어서서 잠시 방안을 왔다 갔다 했다. 그리고 결국 모슬린 허리끈 세 줄을 이어서 리리를 어깨에서 겨드랑이 밑에까지 끈을 십자형으로 엇걸어 너무 조르지도 않되 쑥 빠져나가지도 않도록 몇 번이나 공들여 멜빵식으로 단단히 매듭을 지었다. 그리고 묶은 끈의 한쪽 끝을 잡고 한동안 두리번거리다 마침내 천장에서 내려온 전등 코드에 동여매고 나서야 안심이 되어 아래층으로 내려갔다. 그런데 식사하는 사이에도 신경이 쓰여 먹는 둥 마는 둥하고 올라가 보니 묶인 채로 구석으로 가서 아까보다 몸을 더 웅크리고 있지 않은가. 시나코는 도리어 자기가 없는 편이 낫고 잠시 혼자 내버려두면 그 사이 먹을 건 먹고 쉬를 할지도 모른다고 기대했었는데 그런 기미조차 없었다. 시나코는 '쳇, 뭐야' 하고 특식으로 마련해 준 먹이 접시랑 모래가 조금도 어질러지지 않은 채 깨끗한 변기가 그대로 방 한가운데 덩그러니 놓여있는 걸 원망스럽게 바라보면서 반짇고리 옆에 앉았다. 그러다 '아, 그래. 너무 오래 묶어두면 가여워' 하고 다시 일어서서 풀어주러 간 김에 어루만져주기도 하고 안아주기도 하고 소용없는 줄 알면서도 먹이를 권해보기도 하고, 변기 위치를 바꿔보기도 했다. 그러길 몇 번이나 반복하다 보니 어느새 하루가 저물었다. 저녁 6시쯤 되니 아래층에서 하쓰코가 저녁 먹으라고 부르기에 또 끈을 가지고 일어섰다. 그렇게 그 날 하루는 고양이에게 치여 주문 받은 일에 손도 못 댄 채 가을밤이 깊어만 갔다.

밤 11시를 알리는 시계소리가 났다. 시나코는 방을 정리하고 나서 리리를 또 한 차례 묶은 뒤 두 겹으로 깐 방석 위에 눕히고 밥과 변기를 가까이에 놓아두었다. 그리고 자신의 침상을 펴고 불을 끄고 잠자리에 들었다. '내일 아침까지는 우유든 닭고기든 뭐라도 좋으니까 한 입이라도 먹어 주었으면. 아침에 눈을 뜬 후 저 접시가 비어있고 변기가 젖어있으면 얼마나 좋을까' 하고 생각하다 보니 잠이 달아나 자지 못하고 리리의 잠자는 숨소리가 들리는지 어둠 속에 귀를 기울였다. 물을 끼얹은 듯 작은 소리조차 나지 않았다. 너무 조용한 게 신경 쓰여 베개에서 머리를 들자 창밖은 희미하게 밝았는데 공교롭게도 리리가 있는 구석은 캄캄해서 아무것도 보이지 않았다. 퍼뜩 머리 위쪽을 손으로 더듬어 천장부터 비스듬히 내려져 있는 전등 코드를 잡고 당겨보니 제법 손에 느껴지는 게 있었다. 그래도 혹시나 하고 전등을 켜 보니 리리가 그 자리에 있기는 있었지만 토라진 것처럼 잔뜩 웅크리고 있는 모습이 낮과 조금도 다르지 않고, 먹이도 변기도 손도 안 댄 그대로여서 다시 실망하며 불을 껐다. 그 사이 스르르 잠들었다가 눈을 떠 보니 어느새 날이 밝았고 변기 모래 위에는 큰 덩어리가 떨어져 있고 우유 접시와 밥그릇도 완전히 비었기에 '성공이다!' 생각했더니 꿈이었던 것이다.

'고양이 한 마리 길들이는 데 원래 이렇게 힘이 드는 걸까. 아니면 리리가 유별나게 고집 센 건가. 철없는 새끼 고양이라면 쉽게 친해지겠지만 이런 늙은 고양이는 인간과 마찬가지로 습관과 환경이 다른 곳으로 오게 되면 엄청난 타격을 받을 지도 몰라. 그래서 결국은 그게 원인이 되어 죽을 지도 몰라.'

시나코는 원래 마음속에 다른 꿍꿍이가 있어 좋아하지도 않는 고양이를 데려오기는 했지만 이렇게까지 힘들 줄은 몰랐다. 전에는 적이었던 짐승 때문에 밤에도 맘 놓고 자지도 못하면서 고생하게 된 인연을 생각하자, 신기하게 화도 안 나고 고양이나 자기나 불쌍한 처지라는 생각이 들었다. 생각해 보면 자신도 아시야의 집을 나왔던 때 울기만 하지 않았던가. 자신도 처음 이삼 일은 뭘 할 기운도 없고 제대로 먹지도 못했었다. 리리도 아시야가 그리운 게 당연했다. 쇼조에게 그렇게나 사랑을 받았는데 그런 정도 없다면 은혜를 모르는 거지. 더구나 이렇게 늙어서 익숙한 집에서 쫓겨나 싫어하는 사람의 집으로 끌려왔으니 얼마나 마음 달랠 길이 없을 것인가. 제대로 리리를 길들이려면 그 마음을 헤아려서 무엇보다 안심시키고 신뢰할 수 있게 대우해야 했다. 슬퍼 죽겠는데 억지로 먹이려고 하면 그 누구라도 화나지 않겠는가. 그런데도 나는 "먹기 싫으면 오줌이라도 눠" 하고 변기를 들이밀었다. 너무나도 생각 없는 짓이었다. 아니, 그 정도라면 괜찮다 하더라도 묶어 놓은 게 제일 나빴다. 상대에게 신뢰를 얻으려면 먼저 이쪽이 신뢰해야 하건만 저렇게 해서는 점점 공포심만 불러일으킬 뿐이었다. 아무리 고양이라도 묶여 있으면 식욕도 안 나고 오줌도 마렵지 않을 것이다.

다음 날 시나코는 리리를 묶지 않기로 하고 도망가도 어쩔 수 없다고 마음을 크게 먹었다. 그리고 가끔 5분이나 10분 정도 시험 삼아 혼자 놔두고 방을 비워보았는데 여전히 고집스레 웅크리고 있긴 하나 쉽사리 도망갈 낌새는 없었다. 그래서 갑자기 마음을 놓은 게 잘못이었다. 점심 때 '오늘은 느긋하게 먹자' 하고 30분 정도 아래층에 있었는데 그 때 2층에서 뭔가 드르륵 소리가 들리는 듯해서 후다닥 올라가 보니 미닫이문이 손바닥만큼 열려있었다. 필시 리리는 여기에서 복도로 나와 남쪽에 있는 방을 지나 하필이면 열어두었던 창문을 통해 지붕으로 뛰어나간 것이었다. 이제 근처에는 그림자조차 없었다.

94

"리리야······."

시나코는 아주 큰 소리로 부르려고 했으나 소리가 나오지 않았다. 그렇게 애쓴 보람도 없이 결국 도망갔다고 생각하자 더 이상 쫓아갈 기운도 없고 왠지 홀가분하고 짐을 내려놓은 기분이었다. 나는 동물 길들이는 데는 빵점이니까 어차피 도망갈 거라면 빨리 정리하는 게 좋을지도 몰라. 오늘부터는 오히려 후련해서 일도 잘 될 거야. 밤에도 느긋하게 푹 잘 수 있겠지. 그러면서도 시나코는 뒷문 쪽 공터로 나가서 풀숲 속을 이리저리 헤치면서 "리리! 리리야!" 하고 한동안 불렀다. 지금 이런 곳에서 돌아다니고 있을 리가 없다는 걸 알고 있으면서도 말이다.

리리가 도망간 그날 밤, 그 다음날 밤, 또 그 다음날 밤도 시나코는 푹 자기는커녕 통 잠을 이루지 못했다. 시나코는 예민한 성격 탓인지 스물여섯 살 치고는 잠귀가 밝아서, 남의 집 고용살이 할 때부터 잠을 잘 이루지 못하는 버릇이 있었다. 이곳 2층으로 이사 와서도 잠자리가 바뀐 탓인지 서너 시간밖에 자지 못하는 밤이 계속되다가 겨우 열흘 전부터 소금씩 잘 수 있게 되었다. 그런데 리리가 도망간 그날 밤부터 또다시 잘 수 없게 된 것은 왜일까? 평소에도 일을 몰아서 하면 바로 어깨가 굳고 예민해지곤 했는데 요 며칠 사이 리리 때문에 밀린 일을 보충하려고 너무 바느질에 열중한 탓인가? 게다가 원래 냉한 체질이라 아직 10월 초순인데도 벌써 조금씩 발이 시려와 이불속에 들어가도 쉽사리 따뜻해지지 않았다. 시나코는 문득 남편과 멀어지게 된 계기를 떠올렸다. 그것도 지금 생각하니 순전히 자신의 냉한 체질 때문이었다. 아주 쉽게 잠드는 쇼조는 베개에 머리만 붙이면 잠들어버리곤 했는데 갑자기 얼음장 같은 발이 닿아 잠이 깨면 곤란하니까 당신은 저쪽에서 자라고 자주 말했다. 그래서 따로따로 자게 되었는데 추울 때는 데운 물을 담은 '탕파' 때문에 자주 싸웠다. 쇼조는 시나코와 반대로 남의 갑절이나 달아오르는 체질이었다. 특히 발이 후끈거려 겨울에도 발끝을 이불 밖으로 내놓지 않으면 잠을 자지 못하는 남자였다. 그래서 탕파로 따뜻해진 이불 속에 들어가는 것을 싫어해 5분도 못참았다. 물론 그게 불화의 근본적인 원인은 아니었지만 그렇게 체질이 다르다는 걸 구실삼아 점점 혼자 자는 게 습관이 되어버렸다.

시나코는 오른쪽 목덜미에서 어깨까지 근육이 뭉쳐 딱딱한데 가끔 거기를 주물러주거나 몸을 뒤척여 베개에 닿는 부분을 바꾸곤 했다. 매년 여름에서 가을로 바뀌는 환절기에는 오른쪽 아래턱의 충치로 고생했는데 어젯밤부터 조금씩 욱신거리기 시작했다. 그러고 보니 여기 롯코는 지금부터 겨울이 끝날 때까지는 매년 롯코산에서 바람이 불어와 아시야보다 훨씬 혹독하게 춥다고 하던데, 벌써부터 밤에는 상당히 기온이 내려가 같은 한신 지역에 살면서도 왠지 먼 산골마을에 온 것 같았다. 시나코는 몸을 새우처럼 오그리고 감각이 없어져가는 두 발을 서로 비볐다. 아시야에 살 때는 10월 말쯤이면 남편과 티격태격하면서도 탕파를 안고 잤는데 이런 식이면 올해는 그때까지도 못 견딜 것 같았다.

잠이 오지 않아서 잠들기를 포기하고 전등을 켜고 옆으로 누워 여동생에게 빌린 여성잡지 『주부의 친구』의 지난달 호를 읽기 시작한 게 정각 새벽 1시였다. 잠시 뒤 멀리서 쏴아 하는 소리가 들려오더니 이내 쏴아 하고 지나가는 소리가 들렸다. 어머, 늦가을 지나가는 비네 하는데 또 쏴아 하는 소리가 나더니 지붕 위를 지날 때는 후드득 소 리를 내며 이내 사르르 지나가 버렸다. 얼마 지나자 또 쏴 아 했다. 이런 날씨에 리리는 어디에 있을까? 아시야로 돌 아갔을까? 만일 돌아간 게 아니고 길에서 헤매기라도 한 다면 이런 밤에는 틀림없이 비를 맞았을 것이다. 실은 쓰 카모토에게는 아직 리리가 도망간 것을 알리지 않았기에 줄곧 그게 마음에 걸렸다. 시나코로서는 빨리 알려주는 게 리리가 간 곳을 아는 길이겠지만 저쪽에서 "죄송하게도 이미 돌아왔으니까 안심하세요. 여러 가지로 폐를 끼쳤지 만 더 이상 애쓰지 않으셔도 돼요" 하고 비아냥거리면 약 이 오를 것 같아서 자꾸 미루게 되었다. 그러나 아시야로 돌아갔다면 굳이 연락하지 않더라도 저쪽에서 알려줄 텐 데, 아무 말도 없는 걸 보니 어딘가에서 헤매고 있는 건가. 아마가사키에 있을 때는 사라진 지 일주일 만에 돌아왔다 는데 이번에는 그리 먼 곳도 아니고 겨우 삼일 전에 지나 온 길이니까 그다지 헤맬 일도 없을 것이다. 다만 최근에 는 노쇠한 탓에 그때보다 감도 떨어지고 동작도 둔해져서 사흘 걸릴 게 나흘 걸릴지도 몰랐다. 그렇다고 해도 늦어도 내일이나 모레면 무사히 돌아가겠지. 그러면 그 두 사람이 얼마나 기뻐하고 얼마나 후련해하겠나. 틀림없이 쓰카모토도 한통속이 되어 "그 봐. 남편에게도 버림받더니 고양이에게까지 버림받은 여자네" 하고 말하겠지. 싫다 싫어. 아래층 동생 부부도 속으로는 그렇게 생각할 거고 모든 사람들도 웃음거리로 삼겠지.

그때 지붕 위에서 후드득후드득 하고 비가 지나간 뒤에 뭔가 탁 하고 유리창을 치는 소리가 났다. 바람인가. 아이, 성가셔 하고 생각하는 순간 바람치고는 좀 묵직한 소리가 두세 번 탁, 탁, 하고 유리를 두드리는 듯했다.

"야옹."

희미한 소리가 어디에선가 들렸다.

'설마 이 시간에.'

움찔하고 놀라면서도 그럴 리가 없다고 생각했다.

"야옹."

우는 소리가 났다. 또다시 탁 하는 소리가 들려왔다. 시나코는 놀라서 벌떡 일어나 창문 커튼을 열어젖혔다.

"야옹."

이번에는 분명히 유리문 너머에서 우는 소리가 들렸고 탁 하는 소리와 동시에 검은 그림자가 희미하게 비쳤다. 아, 역시 그랬구나. 시나코는 확실히 그 소리를 기억했다. 이곳 2층에 있던 며칠 동안은 한 번도 울지 않았지만 그것은 분명 아시야에 살 때 자주 듣던 그 소리가 틀림없었다. 서둘러 잠금장치를 풀어 창문을 열고 반쯤 몸을 빼서 방에 켜진 전등 빛에 의지해서 어두운 아래쪽 지붕 위를 살펴보았지만 순간 아무것도 보이지 않았다. 생각해보니 창문 밖 난간에 돌출된 곳이 있어서 리리는 아마 그곳에 올라가 울면서 창문을 두드린 게 틀림없었다. 그 탁 하는 소리를 내고 스친 검은 그림자는 분명 리리였을 텐데 방 안에서 유리창을 연 순간 어디론가 도망친 것이었다.

"리리야."

아래층 부부가 깨지 않도록 조심하면서 어둠 속에서 불렀다. 기와가 젖어 빛나는 걸 보아 아까 비가 온 게 틀림없었다. 마치 거짓말처럼 하늘엔 별이 반짝이고 있었다. 눈앞에 꽉 찬 마야산의 널따랗고 새카만 산등성이에 있는

케이블카는 불이 꺼져있었지만 정상에 있는 호텔의 불빛은 빛나고 있었다. 시나코는 바깥 창에 한쪽 무릎을 걸치고 지붕 위로 몸을 쑥 빼고서 한 번 더 불렀다.

"리리."

"야옹."

기와지붕을 걸어 이쪽으로 오는 듯 푸르게 빛나는 두 눈동자가 점차 가까워졌다.

"리리야."

"야옹."

"리리."

"야옹."

몇 번이고 불러도 그때마다 리리가 대답을 했는데 지금까지 이런 적은 한 번도 없었다. 자기를 귀여워하는 사람과 미워하는 사람을 용케 잘 알아, 쇼조가 부르면 대답했지만 시나코가 부르면 모르는 척 했었다. 그런데 오늘밤은 몇 번이고 귀찮아하지도 않고 대답할 뿐만 아니라 애교가 섞인 듯한 뭐라 말할 수 없는 다정한 소리를 내는 것이었다. 그리고 푸르게 빛나는 눈동자로 몸을 살랑대며 난간 아래까지 왔다가 스윽 멀어져 가는 것이었다. 고양이 딴에는 자기가 무뚝뚝하게 굴었던 사람에게 오늘부터 사랑받으려고 지금까지의 무례를 어느 정도 사과하는 마음으로 저렇게 소리를 내는 것이었다. 태도를 싹 바꿔 보호를 받겠으니 제발 알아달라고 안달하는 것이다. 시나코는 처음으로 이 짐승으로부터 이런 다정한 대답을 듣고서 어린애처럼 기뻐서 몇 번이고 불러보았다. 안으려 해도 좀처럼 잡히지 않아서 한동안 일부러 창가에서 떨어져 있었더니 드디어 리리가 방으로 펄쩍 뛰어 들어왔다. 그러더니 뜻밖에도 침상 위에 앉아있는 시나코에게로 곧바로 다가와서 그 무릎에 앞다리를 걸쳤다.

'이건 도대체 어찌된 영문일까?'

시나코가 놀라고 있을 때 리리는 애수에 찬 눈빛으로 가만히 시나코를 올려다봤다. 그러더니 가슴에 기대고서는 면 플란넬 잠옷 옷깃에 이마를 비볐다. 그래서 시나코도 뺨을 대주자 턱, 귀, 입언저리, 콧등 할 것 없이 핥아댔다. 그러고 보니 고양이는 둘만 있을 때면 뽀뽀를 하거나 얼굴을 갖다 대며 인간과 똑같이 애정을 표현한다더니 이런 건가. 언제나 남이 보지 않는 곳에서 남편이 몰래 리리와 즐긴 것은 이런 이유인가.

시나코는 고양이에게서 햇볕을 오래 쬐면 나는 특유의 털 냄새를 맡고 피부에 느껴지는 따가우면서도 간지러운 혀의 감촉을 온 얼굴에 느꼈다. 그러자 갑자기 견딜 수 없이 사랑스러워져서 "리리야" 하고 부르면서 정신없이 꽉 껴안으니 털가죽 군데군데 차갑게 반짝이는 뭔가가 있었다. 그렇다면 방금 비를 맞은 거구나. 그렇다고 해도 아시야에 가지 않고 이곳에 돌아온 이유는 뭘까? 아마 처음에는 아시야로 도망치려다가 도중에 길을 몰라서 돌아온 건 아닌지. 겨우 30~40리 되는 거리를 사흘이나 이리저리 헤매다가 결국 목적지에 갈 수 없어 돌아온 게 리리치고는 너무 패기가 없다고 여겨졌지만 그도 그럴 것이 가엾게도 이제 그만큼이나 노쇠해진 것이다. 마음만은 젊을 때와 같아서 도망쳐 보았지만, 시력도 기억력도 후각도 옛날의 절반도 안 되었다. 그러니 시나코에게 왔을 때 어느 길을 어디로 어떻게 데려왔는지 짐작이 되지 않으니 이리저리 헤매다 다시 원래 장소로 돌아온 것이다. 옛날 같았으면 일단 마음먹었다 하면 길이 없어도 무턱대고 돌진했겠지만 이젠 자신이 없어서 잘 모르는 곳에 접어들면 겁부터 나고 발이 절로 움츠려지는 것이다. 그래서 분명 리리는 생각보다 멀리 갈 수 없어서 이 일대를 어슬렁거리고 있던 것이다. 그렇다면 어젯밤도 엊그제 밤도 밤마다 이 2층 창 가까이에 다가와 들어갈까 말까 주저주저하면서 안을 엿보고 있었을 지도 모른다. 그리고 오늘밤도 저 지붕 위 어두움 속에서 웅크리고 내내 생각하던 중 실내의 등불이 켜지고 갑자기 비가 내리자 저렇게 다급하게 울음소리를 내며 창문을 두드린 것이다. 어쨌든 잘 돌아와 주었다. 위험한 일을 당할까 겁이 난 것도 있었겠지만 나를 완전히 남으로는 생각하지 않는다는 증거였다. 그리고 다행히 나도 마침 오늘밤 이런 시간에 전등을 켜고 잡지를 읽고 있었다는 것은 뭔가 좋은 예감이 있었기 때문이다. 아니 생각해 보니 요 사흘간 전혀 못 잔 것도 리리가 돌아오기를 기다렸기 때문이다. 그렇게 생각하자 시나코는 눈물이 나와 참을 수가 없었다.

"있잖아, 리리. 이제 아무데도 가지 마" 하고 말하면서 한 번 더 꽉 안아주자 희한하게도 리리는 얌전하게 오래 안겨있었다. 지금 그 말할 수 없이 슬픈 눈빛을 한 늙은 고양이의 마음속이 신기하게도 훤히 들여다보이는 것이었다.

"정말 배고프겠지만 오늘밤은 너무 늦었어. 부엌을 뒤지면 뭐라도 있겠지만 어쩔 수 없어. 이곳은 우리 집이 아니니 내일 아침까지 기다려줘."

시나코는 한 마디 한 마디 뺨에 대고 말하고 나서야 리리를 바닥에 내려놓고, 잊고 있었던 창문을 닫고 방석으로 잠자리를 만들어 주고, 그동안 벽장에 넣어두었던 변기를 내주자 리리는 그 사이에도 줄곧 뒤를 따라오며 발꿈

치에 달라붙었다. 그리고 잠시 멈춰 서기라도 하면 곧바로 달려들며 목을 기울여 몇 번이고 귀 언저리를 비벼댔다.

"아 이제 됐어. 알았어. 이쪽에 와서 자, 자자."

방석을 위로 안고 와서는 서둘러 불을 끄고서야 시나코는 잠자리에 들었다. 그런데 채 일 분도 안 되어 갑자기 베개 가까이서 그 특유의 냄새가 후욱 하고 스치며 벨벳처럼 부드러운 게, 덮었던 이불을 살살 들추면서 들어왔다. 죽죽 밀며 머리로 파고들어 다리 쪽으로 내려가기도 하고 이불 가장자리를 잠시 왔다 갔다 하다가 또 위로 올라와 잠옷 가슴팍으로 머리를 집어넣고는 잠잠히 있는데, 기분이 좋은지 아주 큰소리로 가르릉 대기 시작했다. 그러고 보니 전에 쇼조의 잠자리에서도, 옆에서 늘 이렇게 가르릉 대는 소리를 들으며 폭풍 같은 질투를 했던 생각이 났다. 하지만 오늘 밤에 유난히 크게 들리는 것은 리리가 더없이 기분이 좋아서일까 아니면 이곳이 자신의 잠자리라고 여겨 이렇게 크게 코를 고는 걸까. 시나코는 리리의 차갑게 젖은 콧등이며 아주 말랑말랑한 발바닥을 가슴 위에서 느낀 것이 완전히 처음이라서 묘하고 기쁜 마음에 어둠 속에서도 손을 더듬어 목덜미를 쓰다듬었다. 그러자 리리는 한층 더 가르릉거리고 이따금 쓰다듬는 집게손가락을 꼭 물어 잇자국을 냈다. 여태껏 이런 경험을 해보지 못한 시나코도 리리가 몹시 흥분되고 기쁜 나머지 그런 행동을 한다는 걸 느낄 수 있었다.

그 다음날부터 리리는 시나코와 사이가 아주 좋아졌다. 마음으로부터 신뢰하는 것 같았고 이제 우유든 가다랑어포 뿌린 밥이든 뭐든 맛있게 먹었다. 그리고 변기의 모래에 하루에도 몇 번씩 배설물이 떨어져 있어 냄새가 늘 좁은 방에 꽉 차있었다. 시나코는 그걸 맡고 있으면 갖가지 기억이 불현듯 떠올라 아시야 시절의 그리운 날들이 되돌아온 것만 같았다. 아시야 집에서는 밤이고 낮이고 그 냄새가 났다. 그 집안의 미닫이문이니 기둥이니 벽이니 천장에도 온통 이 냄새가 배어있었다. 시나코는 남편과 시어머니와 4년간 이 냄새를 맡으면서 억울함도 슬픔도 수없이 참아왔다. 그러나 그때는 코를 움켜쥘 만큼 역겨웠던 이 냄새가 이제는 왠지 달콤한 회상을 불러왔다. 그때는 이 냄새 때문에 미웠던 고양이가 지금은 이 냄새 때문에 얼마나 사랑스러운지. 시나코는 그 뒤로 매일 밤 리리를 안고 자면서 이렇게 순하고 귀여운 동물을 옛날에는 왜 그렇게 싫어했는지 그 무렵의 자신이 지독히 고약하고 도깨비 같은 여자였다는 생각이 들었다.

그런데 시나코가 왜 후쿠코에게 고양이에 대해

불쾌한 편지를 보내기도 하고 쓰카모토를 통해 그렇게 집
요하게 부탁했는가에 대해 설명을 좀 해야 한다. 거기에는
장난이나 나쁜 심보에서 그런 것도 다분히 있고 또 쇼조가
고양이를 보기 위해서라도 와 줄지 모른다는 한 줄기 희망
노 있었다. 그러나 당장 눈앞의 일보다는 훨씬 나중 일이

고양이와 쇼조와 두 여자

기는 하나 빠르면 반 년, 늦어도 1년이나 2년쯤 지나면 후쿠코와 쇼조의 사이가 틀어질 테니 그때를 노리고 있는 것이었다. 그도 그럴 것이 애당초 쓰카모토의 소개로 시집을 갔던 게 실수였고, 지금 그렇게 게으르고 의지 없고 생활력이 없는 남자에게 버림받은 게 오히려 잘된 일인지도 모르지만, 아무리 생각해도 부아가 나고 단념할 수 없는 것은 당사자인 시나코와 쇼조가 서로 싫증난 것도 아닌데 옆의 사람들이 작당해서 자신을 쫓아냈다는 사실이었다. 시나코의 마음속에는 이 사실이 응어리져있었다. 그런 말을 하면 '아니, 그런 생각이 드는 건 너의 자만심이다. 시어머니와 사이가 나빴던 것도 사실이지만 부부 사이도 좋지 않았던 것 아니냐. 너는 남편을 미련하다며 저능아 취급했고 남편은 또한 너를 고집불통에 우울하고 툭하면 싸움을 거는 여자 취급했다. 아무리 주변에서 밀어붙인다 해도 그런 식으로 밖에서 딴 여자를 데려올 이유는 없는 것이다'라고 그렇게까지 노골적으로 말하지는 않더라도 쓰카모토는 속으로 대충 그리 여겼을 것이다.

하지만 그것은 쇼조의 성질을 몰라서 그러는 거고 시

나코의 생각에는 그 사람은 도대체가 옆에서 강하게 밀어붙이면 싫다고도 좋다고도 하지 않는 사람이었다. 천하태평이라고나 할까 게으르다고나 할까 그 사람보다 이 사람이 좋다고 하면 바로 휙 하고 마음이 넘어가는 사람이지만 자신이 여자를 만들어 조강지처를 내쫓을 정도로 강단이 있는 사람은 아니었다. 그래서 시나코에게 열정적으로 빠진 적도 없지만 그렇다고 싫어한 적도 없어서 주변 사람이 구실을 짜내고 부추기지만 않았어도 헤어지는 지경까지는 안 갔을 것이다. 시나코가 이런 고배를 마시게 된 것은 순전히 오린, 후쿠코, 후쿠코의 아버지가 꾸민 계략이리라. 조금 과장하자면 멀쩡한 부부가 생이별 당한 것처럼 가슴 속에 응어리가 맺혀 미련이 남아있는 듯 보였다. 도저히 이대로는 참을 수 없는 것이다.

하지만 그렇다면 어렴풋이 오린 주변에서 뭔가 꾸미고 있다고 느꼈을 때 무슨 수단을 강구하거나, 아시야에서 쫓겨나기 직전이라도 좀 더 방법을 궁리했더라면 좋았을 텐데. 도대체 그런 계략이라면 시어머니 오린에 뒤지지 않는 시나코가 무슨 이유로 순순히 백기를 든 채 얌전히 물러나버렸을까.

　평소에 지기 싫어하는 성격에 어울리지 않게 그랬던 것은 역시 시나코다운 꿍꿍이가 있어서였다. 사실 이번 일이 이 지경이 된 것은 시나코가 처음에 약간 방심한 탓이었다. 그도 그럴 것이 바람둥이에다 불량소녀인 후쿠코를 아무리 그래도 그렇지 오린이 자기 아들의 아내로는 생각하지 않겠지. 또 몸가짐이 헤픈 후쿠코가 설마 진득하게 있을 리 없다고 우습게 보았는데 예측이 빗나갔던 것이다. 그렇더라도 어차피 길게 갈 사이는 아니라고 봤다. 게다가 후쿠코는 아직 젊고 남자가 따르는 얼굴인데다 내세울 만큼의 학력은 아니더라도 고등학교 2학년까지 다녔고 무엇보다 지참금이 딸려있었다. 그러니 쇼조로서는 차려놓은 밥상을 마다할 이유도 없고 당장은 행운을 만난 기분이겠지만 결국엔 후쿠코가 쇼조로는 만족을 못하고 바람을 피울 것이다. 무엇보다 후쿠코는 한 남자로는 만족하지 못하는 타입으로 그쪽으로는 정평이 나있었다. 어차피 다음에 벌어질 일이 뻔해서 후쿠코의 행실을 도저히 봐줄 수 없는 지경이 되면 아무리 사람 좋은 쇼조라도 가만히 있지 않을 것이다. 그리고 분명 오린도 두 손 두 발 들 것이다. 원래 쇼조는 그렇다 쳐도 매사에 분명한 오린에게 그게 안 보일 리 없겠지만 이번에는 욕심 때문에 그만 무리수를 두었는지도 모른다. 그래서 시나코는 이쪽에서 어설프게 선수를 치기보다는 우선 적에게 한 수 양보하고 천천히 다음을 노려도 늦지 않는다는 심사이지 절대 포기한 것은 아니었다. 쓰카모토에게도 그런 것은 전혀 내색하지 않았다. 겉으로는 동정을 받을 수 있게 되도록 불쌍하게 보이고 마음속으로는 '무슨 일이 있어도 다시 그 집으로 돌아갈 거야. 앞으로 두고 봐' 하고 생각하며 언젠가는 이루어지리라는 희망으로 살고 있었다. 또 시나코는 쇼조를 미덥지 않은 사람이라고 생각하면서도 웬지 미워할 수 없었다. 쇼조는 아무 줏대도 없이 흔들려 주변 사람들이 '오른쪽!' 하면 오른쪽으로, '왼쪽!' 하면 왼쪽으로 도는 식이니 이번 일도 저 사람들 하자는 대로 휘둘렸던 것이다. 그런 생각을 하면 아이를 물가에 세운 듯 불안하고 안쓰럽다. 그리고 원래 그런 점이 묘하게 귀여워 끌리는 데가 있는 사람이어서 어엿한 성인 남자로 보면 화날 때도 있지만 어느 정도 자기

보다 아래다 생각하면 붙임성 있고 상냥했다. 그래서 그런 점에 점점 빠져 헤어날 수 없었고, 가져간 혼수까지 모두 둔 채 빈 몸으로 내쫓기긴 했지만 시나코로서는 할 만큼 했기에 더욱 미련이 남았다. 정말이지 일이 년 사이 그집 살림의 반 이상은 시나코의 연약한 팔로 근근이 지탱한 것이었다. 다행히도 바느질 솜씨가 좋아 근방의 일을 맡아 밤에도 자지 않고 삯바느질을 해서 어떻게든 넘겼는데 시나코가 일을 안했다면 시어머니가 아무리 잘난 체 해도 헤쳐 나갈 수 없었을 것이다. 오린은 아시야 동네에서 미움을 받는 처지였고 쇼조는 앞에서 말했듯이 신용이 없으니 지불할 것들이 밀려 독촉을 받았는데 시나코를 동정하는 사람들 덕에 그 고비를 넘길 수 있었던 것이다. '은혜도 모르는 모자가 욕심에 눈이 어두워 저런 사람을 끌어들이고 소를 말로 바꿔 올라탄 기분이 들겠지만 어디 두고 보라지. 그 여자가 그 살림을 제대로 꾸려나갈 수 있는지. 지참금이 꽤 되지만 오히려 그걸 믿고 훨씬 제멋대로 굴 테고 쇼조도 그것에 기대서 게을러질걸. 결국 어머니와 아들, 며느리 세 사람 속셈이 어긋나 싸움이 그치지 않을 거야.

그 때에는 전처가 고맙다는 걸 뼈저리게 알겠지. 시나코는 그렇게 난잡한 여자는 아니었어. 모든 걸 척척 해냈지, 하고 쇼조뿐만 아니라 어머니까지 분명히 잘못을 인정하고 후회할 거야. 그 여자는 또 그 여자대로 그 집을 마구 뒤집어 놓고는 결국엔 뛰쳐나가겠지. 그렇게 될 게 불 보듯 뻔해. 그런데도 모르는 불쌍한 사람들이 있기는 있지' 하고 속으로 코웃음을 치며 기회를 기다릴 셈이었는데, 주도면밀한 시나코는 기다리는 김에 리리를 맡겨달라는 기발한 묘수 하나를 더 생각해 냈던 것이다.

시나코는 항상 고등학교를 1, 2년이라도 다닌 후쿠코에게 학력으로는 꿀리는 기분이었지만 진짜 지혜로 견준다면 후쿠코든 오린이든 이길 자신이 있었다. 리리를 미끼로 쓸 기막힌 묘안을 떠올리고 스스로도 감탄했다. 왜냐하면 리리만 여기로 데려오게 되면 틀림없이 쇼조가 비가 오나 바람이 부나 리리가 생각날 때마다 시나코가 생각날 것이고 리리를 불쌍히 여기다 보면 알게 모르게 시나코도 불쌍히 여길 것이다. 그리고 그렇게 되면 언제나 정신적 끈이 끊어지지 않을 것이고 후쿠코와의 사이가 원만하지

않게 되면 결국 리리를 그리워함과 동시에 전처가 그리워
질 것이다. 시나코가 아직 재혼도 하지 않고 고양이와 쓸
쓸하게 살고 있다는 얘기를 들으면 당연히 동정심이 생길
것이고 쇼조도 싫지는 않을 테니 점점 후쿠코가 미워질 것
이다. 손도 안 대고 그들 사이를 갈라놓고 다시 만날 시기
를 앞당길 수 있을 것이다. 그렇게 안성맞춤이 된다면 얼
마나 행복할까 하고 바라고 있었다. 단 문제는 리리를 순
순히 내줄지 어떨지 모른다는 거였는데 그것도 후쿠코의
질투심을 부추기면 제법 잘 되어 갈 것 같았다. 그래서 그
편지의 문구도 그토록 생각을 짜내고 짜내서 썼던 것이지
단순한 장난이나 귀찮게 하려고만 한 것은 아니었다. 그런
데 가엾게도 머리 나쁜 그들은 내가 좋아하지도 않는 고양
이를 원하니까, 도저히 그 진의도 모르고 우습기 짝이 없
는 의심을 하며 철부지 아이 같이 난리를 피우니 말할 수
없는 우월감이 들었다.

　　아무튼 그런 이유로 힘들게 얻은 리리가 도망갔을 때
의 낙담과 생각지도 않게 돌아왔을 때의 그 기쁨이 아무
리 크다 한들, 그것은 심사숙고하여 계산된 감정이지 진짜

애착은 아닐 것이다. 그런데 그 뒤로 2층에서 리리와 함께 지내게 되면서 전혀 예상치 못한 일이 생겼다. 시나코는 밤이면 밤마다 그 특유의 냄새를 풍기는 고양이를 껴안고 잠자리에 누워서는 고양이가 어쩌면 이리도 사랑스러울까, 옛날에는 왜 그리도 이런 사랑스러움을 느끼지 못했을까 하고 후회하고 자책했다. 아시야에서는 이상하게 처음부터 반감이 생겨 이 고양이의 좋은 점이 눈에 들어오지 않는데 그건 순전히 질투 때문이었다. 질투에 눈멀어 원래 사랑스러운 짓이 더 밉게만 보였다. 예를 들어 추울 때

남편 잠자리에 기어들어가는 고양이도 미워하고 남편도 원망했는데, 이제 보니 아무 미워할 것도 원망할 것도 없었다. 사실 시나코도 이런 계절에는 혼자 잘 때 추위가 속속 스며들지 않는가. 더구나 고양이란 동물은 인간보다 체온이 높아서 추위를 더 탄다. 고양이에게 더운 날은 삼복삼 일밖에 없다고 한다. 그렇다면 지금은 가을 중순이니까 늙은 리리가 따뜻한 잠자리를 찾아 다가오는 것이 당연했다. 아니 그보다 시나코 자신이 이렇게 고양이와 자고 있으면 얼마나 따뜻한가. 예년의 오늘밤 같았으면 탕파 없이는 잘 수가 없었는데 올해는 아직 그걸 안 쓰고도 지내는 건 리리가 잠자리 안으로 들어온 덕분이었다. 시나코 자신이 매일 밤마다 리리를 놔주지 않는 것이다. 예전에는 이 고양이가 제멋대로 구는 것을 미워하고 상대에 따라 태도를 바꾸는 것을 미워하고 사람이 볼 때와 안 볼 때 다르게 행동하는 것을 미워했다. 그 모든 게 다 애정이 부족했던 탓이다. 고양이에게는 고양이 나름대로의 지혜가 있어서 사람의 기분을 정확히 알아챈다. 그 증거는 내가 지금까지와 달리 진짜 애정을 갖게 되자 바로 돌아와서 이처럼 친해지는 것이다. 시나코가 스스로의 기분 변화를 느끼기 전에 리리가 더 빨리 알아채고 싶어 하는 건 아닐까.

시나코는 지금까지 고양이는 고사하고 사람에게조차 이렇게 살뜰한 애정을 느끼거나 보여준 적이 없었던 것 같다. 오린을 비롯해서 주변 사람들이 시나코를 기가 센 여자라고 하기에 어느새 시나코 자신도 그렇게 믿었다. 그런데 요전부터 리리를 보살피느라 고생하고 신경 쓰는 것을 볼 때 자신의 어디에 이렇게 따뜻하고 상냥한 구석이 숨어 있었나 하고 새삼 놀랐다. 그러고 보니 예전에 쇼조는 고양이 시중을 다른 사람 손에 맡기지 않았다. 매일 식사 걱정을 하고, 이삼일 간격으로 해안까지 가서 변기의 모래를 갈아주고, 시간이 나면 이를 잡아주고, 빗질을 해주고, 코가 마르지는 않았는지 변이 무른 건 아닌지 털이 빠지지 않았는지 늘 신경 써서 조금이라도 이상이 있으면 약을 먹이는 등 정성을 쏟는 걸 보고 저렇게 게으른 사람이 잘도 보살피는구나 하고 반감만 커져갔다. 그런데 그 쇼조가 한 짓을 자기가 하고 있는 게 아닌가. 더구나 시나코는 자기 집에 사는 것도 아닌데 말이다. 자신의 식비만큼은 스스로 벌어서 동생 부부에게 지불하는 조건이었기에 완전 더부살이는 아니었지만 왠지 조심스러웠다. 그런데도 이 고양이를 키우고 있었다. 여기가 자신의 집이라면 부엌을 뒤져서 남은 음식을 찾겠지만 이 집에서는 그럴 수도 없어서, 자신이 먹을 음식을 먹지 않고 아껴두거나 시장에 가서 뭐라도 구해오지 않으면 안 됐다. 그렇지 않아도 아끼고 아끼는 형편이었는데 설령 사소한 지출이라고는 해도 리리 때문에 돈이 자꾸 나가는 건 큰 부담이었다. 그리고 한 가지 더 성가신 일은 변기였다. 아시야 집은 바닷가까지 가까운 거리였기에 모래를 구하는 게 편했다. 그런데 한큐 근방에서는 바다까지 매우 멀었다. 처음 두세 번은 공사장에 모래가 있어서 다행이었지만 공교롭게도 요즘은 어디에도 모래가 없었다. 모래를 바꾸지 않으면 냄새가 너무 지독해 결국 아래층까지 풍겨 동생 부부가 싫은 내색을 했다. 별 수 없이 밤이 깊어지면 시나코는 살짝 삽을 들고 나가 그 주변의 밭에서 떠 오거나 초등학교 운동장 미끄럼틀 아래 깔아둔 모래를 몰래 가져왔다. 그런 밤에는 자주 큰 개가 짖기도 하고 이상한 남자가 쫓아오곤 했다.

'리리 때문이 아니라면 누가 부탁해도 하지 않을 짓이다. 리리를 위해서라면 이런 고생도 마다하지 않는 것은 왜일까. 아시야에 살 때에는 왜 이 반만큼이라도 이 짐승을 사랑해 주지 않았을까. 자신에게 그런 마음이 있었더라면 남편과 갈라설 리도 없었고 이런 꼴을 당하지 않았을 것을. 아무리 생각해도 후회스럽기 그지없다. 생각해보니 누가 나쁘달 것도 없다. 모두 내 스스로가 부족한 탓이다. 이 죄 없는 상냥한 동물 하나도 사랑하지 못한 여자였으니까 남편에게 미움 받았겠지. 자신에게 그런 결점이 있었으니까 남들이 끼어든 게 아닐까……'

11월이 되자 아침저녁의 추위가 매서워졌고 밤에는 가끔 롯코산에서 불어오는 바람이 문틈으로 차갑게 스며들어서 시나코와 리리는 전보다 더 바짝 붙어 꼭 껴안고 떨면서 잤다. 그리고 더는 참을 수 없게 되자 탕파를 사용하기 시작했는데 그때 리리가 좋아서 어쩔 줄 몰라 했다. 시나코는 밤마다 탕파의 온기보다 고양이의 체온으로 포근해진 잠자리에서 그 가르릉거리는 소리를 들으면서 자신의 품에 안긴 고양이의 귀에 대고 말했다.

　"네가 나보다 훨씬 정이 있구나. 나 때문에 너까지 이렇게 쓸쓸하게 되었지만 이번에야 말로 셋이서 사이좋게 살자."

　저절로 눈물이 왈칵 솟아오르자 깊은 밤 캄캄한 방에서 리리 외에는 누가 볼 일도 없는데도 이불을 얼른 폭 뒤집어썼다.

후쿠코가 오후 4시가 지나서

이마즈의 친정에 갔다 오겠다며 나가자 그때까지 툇마루에서 난초 화분을 손질하고 있던 쇼조가 기다렸다는 듯이 일어섰다.

"엄마."

부엌문을 향해 불렀는데 빨래를 하고 있어서 물소리

때문에 듣지 못하는 것 같았다. 다시 큰 소리로 불렀다.

"엄마! 가게 좀 부탁해. 잠깐 좀 다녀올게."

빨래하던 소리가 갑자기 멈추고 어머니의 짱짱한 목소리가 창문 너머로 들렸다.

"뭐라고?"

"나 잠깐 좀 나갔다 올게."

"어디?"

"바로 저기."

"뭐 하러?"

"그렇게 꼬치꼬치 묻지 마."

그렇게 말하면서 한 순간 욱 하는 표정으로 코를 벌름거렸지만 바로 고쳐먹은 듯 다시 어리광부리는 목소리였다.

"30분만 당구 치고 올게."

"너 당구 치지 않겠다고 약속 했잖아."

"한 번만이야. 보름이나 치지 않았잖아. 부탁이야. 정말."

"그래도 되는지 아닌지 난 모르겠구나. 후쿠코가 있

을 때 허락 받아 봐."

"뭐야."

그 묘하게 힘이 들어간 목소리를 듣는 순간 커다란
빨래 대야 앞에 웅크리고 앉아 있던 어머니도 자기 아들이
화날 때의 그저 떼쟁이 같은 표정이 저절로 그려졌다.

"왜 일일이 아내에게 물어봐야 해. 죄다 후쿠코에게
물어봐야 한다면 엄마한테는 물어볼 필요도 없겠네."

"그건 아니지만 잘 감시하라고 했으니까."

"그럼 엄마는 후쿠코 편이야?"

"바보 같은 소리 마."

그 말만 한 뒤 상대도 않고 또 물소리를 철벙철벙 내
기 시작했다.

"도대체 엄마는 내 엄마야, 후쿠코 엄마야? 누구 엄
마냐고."

"이제 그만해. 그렇게 큰 소리가 근처에 들리면 남사
스럽잖아."

"그럼 빨래는 나중에 하고 잠깐만 이리로 와 봐."

"알았어. 이제 아무 말도 안 할 테니까 가고 싶은 데

로 가!"

"그렇게 말하지 말고 잠깐만 와 봐."

무슨 생각에선지 쇼조는 갑자기 부엌문 쪽으로 가서 빨래하는 곳에 쪼그리고 앉은 어머니의 비누 거품투성이 손목을 잡고는 억지로 방안으로 끌고 왔다.

"참, 엄마도 이것 좀 보라니까."

"왜 이리 재촉이야."

"이것 좀 봐."

다다미 여섯 장짜리의 부부 침실 벽장을 열자 아래 칸 구석에 있는 고리짝과 작은 장롱 틈의 컴컴한 구석에 무언가 빨간 천 뭉치가 모여 있는 것이 보였다.

"저기 있는 게 뭔 줄 알아?"

"저거 말이야……."

"저게 다 후쿠코 빨래야. 저렇게 계속 쑤셔 박아두고 전혀 빨지를 않으니까 더러운 게 꽉 차 장롱이 열리질 않아."

"이상하네. 걔 옷은 세탁소에 맡기던데."

"그렇긴 한데 속옷까지 맡기겠어?"

126

"그렇구나. 저게 속옷이었네."

"아무리 그래도 그렇지 여자가 저렇게 깔끔하지 못
해서야. 내가 말하다 두 손 다 들었으니 이제 엄마가 야단
좀 쳐줘. 나한테는 잘도 잔소리해대면서 후쿠코가 이렇게
게을러빠졌는데도 못 본 척 할 거야?"

"이런 곳에 이런 걸 쑤셔 박아 놓을 줄 내가 어떻게
알겠어."

"엄마!"

쇼조가 갑자기 소리를 빽 질렀다. 엄마가 벽장 밑으
로 들어가서 그 빨랫감을 끄집어내기 시작했기 때문이다.

"그거 어쩌려고?"

"이거 깨끗하게 빨아서 주려고."

"그만 둬. 더럽게. 그만두라니까."

"괜찮아. 나한테 맡겨."

"뭐야. 시어머니가 며느리 그런 거까지 만지다니. 내
가 엄마한테 그런 거 해달라는 게 아니잖아. 후쿠코에게
앞으로 그렇게 하시 밀리고 말해달라는 거지."

오린은 못 들은 척 하고 그 어두컴컴한 구석에서 돌

돌 뭉쳐있는 빨간 천 뭉치 대여섯 개를 꺼내 양손에 들고 부엌문 쪽으로 가져가 빨래 양동이에 집어넣었다.

"그거 빨아주려고?"

"신경 쓰지 마. 남자는 가만히 있는 법이야."

"제 속옷인데 왜 후쿠코에게 맡기질 못하는 거야. 엄마는."

"시끄러워. 내가 이거 양동이에 넣어서 물에 담가둘 거야. 그러면 저도 눈치를 채고 빨겠지."

"바보 같기는. 어디 눈치를 챌 여잔가."

어머니가 말은 저래도 손수 빨 게 분명하니 쇼조는 더욱 화가 치밀었다. 그래서 옷도 갈아입지 않고 작업복 차림으로 흙마당에 있는 나막신을 걸치고는 자전거를 타고 휙 나가버렸다.

아까 당구 치러 간다고 한 것은 정말 그럴 작정으로 한 말이었는데 이 일로 갑자기 속이 부글거려 당구고 뭐고 아무 것도 하고 싶지 않았다. 쇼조는 자전거 벨을 마구 눌러대며 아시야 개천의 산책길을 따라 달렸다. 곧장 새로 난 국도까지 갔다가 나리히라 다리를 건너서 고베 쪽으로 핸들을 돌렸다. 아직 다섯 시가 되기 조금 전이었는데 일직선으로 나 있는 국도의 맞은편으로 벌써 늦가을 태양이 지고 있었다. 도로 위로 붉은 노을빛이 넓고 큰 띠를 이루며 펼쳐졌다. 그 가운데, 사람이며 자동차 모두 반쪽은 붉은 빛을 받아 아주 길고 긴 그림자를 뒤에 달고 지나갔다. 마침 정면으로 그 광선을 받으며 달리고 있는 쇼조는 강철같이 번쩍이는 포장도로의 눈부심을 피하기 위해 고개를 숙이고 머리를 옆으로 돌리면서, 숲 속 공설 시장을 지나 좁은 도로의 정류장에 다다랐다. 전차선로의 건너편에 있는 병원의 담 밖으로 다다미 가게를 하는 쓰카모토가 보였다. 작업대를 고정시키고 그 위에서 열심히 다다미를 짜고 있는 쓰카모토를 보자 쇼조는 갑자기 기운이 난 듯 자전거를 대고 말을 걸었다.

"바빠?"

"야, 오랜만이네."

쓰카모토는 일감에서 손을 떼지 않은 채 눈인사를 하면서 해지기 전에 일을 끝내려는 듯 다다미에 바늘을 푹 집어넣었다 잡아 뺐다.

"지금 이 시간에 어딜 가려고?"

"특별히 어딜 가려던 건 아닌데 어쩌다 여기까지 왔네."

"나한테 무슨 볼 일이라도 있는 거야?"

"아니야. 그냥."

그렇게 말하고는 뜨끔했지만 멋쩍게 미간을 찡그리며 모호한 웃음을 지었다.

"마침 여기를 지나가게 되어서 말을 걸어 본 거지."

"그랬어?"

쓰카모토는 자기 바로 앞에 자전거를 세워 놓고 있는 사람을 보고도 신경 쓸 겨를이 없다는 듯이 오로지 아래만 보고 작업을 계속했다. 쇼조 입장에서는 아무리 바빠도 "요즘 어떻게 지내? 리리는 포기한 거야?" 하는 인사 정도는 할 수 있을 텐데 하는 서운함이 들었지만 겉으로 드러내지는 않았다. 그도 그런 게 후쿠코 앞에서는 리리에 대한 사랑을 억지로 감추고 리리의 '리'자도 입 밖으로 내지 않고 있었기 때문에 그것만으로도 오만 가지 생각이 마음에 불만으로 쌓여 있었다. 지금 마침 쓰카모토를 만난 김에 이 친구에게 답답한 심정을 좀 털어놓자, 그러면 어느 정도 마음이 후련해지겠지 하고 잔뜩 기대했다. 당연히 쓰카모토가 위로의 말을 하거나 아니면 적어도 그동안 소식 전하지 못해 미안하다고는 해야 할 것이다. 왜냐하면 원래 리리를 시나코에게 넘길 때 어떤 대우를 받고 있는지 가끔은 쓰카모토가 쇼조 대신에 상태를 보고 알려주기로 굳게 약속했었기 때문이다. 물론 그게 두 사람만의 약속이고 오린과 후쿠코에게는 절대 비밀이었지만, 그런 조건이 있었기에 그렇게 소중한 고양이를 건넸던 것이다. 그런데 그 후로 한 번도 약속을 지키지 않고 감쪽같이 사람을 속이고 모르는 체 하다니.

그런데 쓰카모토는 시치미를 떼고 있는 게 아니라 요즈음 장사로 바빠 정신이 없어서 그런가? 여기에서 만난 게 다행이니, 서운하다고 운을 한번 떼고 싶지만 이렇게 몰두해서 일하는 사람에게 생뚱맞게 고양이 이야기를 꺼내기도 좀 그랬다. 꺼냈다가는 도리어 핀잔이나 듣지 않을까. 쇼조는 보려고 한 것도 아닌데 기울어 가는 석양 속에 쓰카모토가 들고 있는 다다미 바늘이 계속 반짝거리고 있는 것만을 넋 놓고 바라보면서 우두커니 서 있었다. 마침 이 근방은 국도변에서도 인가가 드물고 남쪽에는 식용 개구리를 키우는 연못이 있고, 북쪽에는 교통사고로 죽은 사람들을 기리기 위해서 새로 만든 커다란 돌로 된 국도 지장보살이 서있을 뿐이다. 또 이 병원 뒤로는 논이 이어져 있고 훨씬 멀리에는 한큐 선로 주변의 산들이 바로 방금 전까지 티 없이 맑은 공기 속에서 또렷하게 보였었는데, 어느새 황혼의 푸르고 옅은 안개에 싸여가기 시작했다.

"그럼 난 갈게."

"나중에 또 보자."

"다음엔 여유 있게 들릴게."

한쪽 발을 페달에 놓고 두세 걸음 내딛다가 역시 단념할 수 없는 듯 다시 돌아왔다.

"저기 말이야. 쓰카모토, 좀 방해될지 몰라도 실은 좀 묻고 싶은 게 있어."

"뭔데?"

"지금 롯코까지 가 볼까 해서……"

그제야 다다미 한 장을 다 꿰매고 일어서던 쓰카모토

가 놀란 얼굴로 붙잡고 있던 다다미를 다시 털썩 작업대 위로 올려놓으며 묻는다.

"뭐 하러?"

"그냥, 그 이후로 어떻게 지내는지 잘 모르니까."

"자네, 그거 진심이야? 그냥 내버려 둬. 남자답지 않아."

"안 될까? 쓰카모토, 그러면 이상한가."

"나한테 그때 다짐했잖아. 그 여자에게 아무 미련도 없고 얼굴을 보는 것만으로도 비위가 상한다고 하지 않았어?"

"아니, 쓰카모토. 들어봐. 시나코가 아니고 고양이 말이야."

"뭐? 고양이?"

쓰카모토의 눈가와 입에 미소가 번진다.

"아, 고양이 말이었어?"

"그래. 사네 그때 시나코가 고양이를 귀여워하는지 어떤지 종종 말해준다고 했잖아. 기억 안 나?"

"그런 말을 했나? 올해는 이쪽이 심한 수해를 입는

바람에 일 때문에 정신이 없어서……."

"그건 알아. 그래서 자네에게 가보라 할 생각은 아니고."

농담처럼 이야기할 셈이었는데 상대는 도무지 알아차리질 못 했다.

"자네 아직 그 고양이를 잊을 수 없다고?"

"어떻게 잊어. 그때부터 시나코가 녀석을 못살게 굴지는 않을지 아니면 귀여워할지……. 생각하면 너무 걱정돼. 매일 밤 꿈에도 나오는데 후쿠코 앞에서는 그런 심정을 조금도 말할 수 없으니 더 답답하고……."

쇼조는 가슴을 두드리며 울상을 지으며 말했다.

"실은 진작에 한번 보러 가려고 했지만 이번 한 달은 혼자서 일하느라 좀처럼 나올 수 없었어. 그런데 시나코를 만나지 않고 리리만 살짝 보고 올 수는 없을까?"

"에이, 어려운 일이지."

제발 좀 참아보라고 달래볼 요량으로 쓰카모토는 내려놓은 다다미를 만지며 말했다.

"그러다 들키지. 게다가 고양이 만나러 온 게 아니라

시나코에게 미련이 있는 걸로 착각이라도 하게 되면 일이
귀찮아지잖아."

"어떻게 생각하든 난 상관없어."

"단념해버려. 남에게 줘 버렸는데 생각해봤자 소용
없잖아. 쇼조."

그 말엔 대꾸하지 않고 쇼조가 물었다.

"저기 말이야. 있잖아, 시나코는 보통 2층에 있어? 1층
에 있어?"

"2층에 있는 것 같은데 1층으로도 내려와."

"집이 빌 때는 없어?"

"모르겠네. 바느질을 하니까 거의 집에 있을 걸."

"목욕 나갈 때는 언제야?"

"몰라."

"그래. 알았어. 귀찮게 해서 미안."

"야, 쇼조!"

쓰카모토가 다다미를 붙잡아 세우며 일어나는 사이
에 벌써 두어 걸음 출발한 쇼조의 자전거 뒤에 대고 말했다.

"자네 진짜 갈 참이야?"

"어떡할지 아직 몰라. 아무튼 근처까지 가보려고."

"가는 거야 자유지만 나중에 나까지 귀찮은 일에 얽히게 하진 마."

"자네도 후쿠코나 우리 엄마에게 말하지 마. 부탁하네."

그리고 쇼조는 고개를 좌우로 살피면서 반대편 전찻길로 건너갔다.

지금부터 가서 그 집 사람들과 마주치지 않고 리리를 살짝 만날 수 있는 묘수가 있을지 생각했다. 마침 뒷문 쪽이 공터라서 포플러의 그늘과 풀숲 사이에서 몸을 숨기고 리리가 밖으로 나오는 것을 참을성 있게 기다리는 수밖에 없다. 하필 이렇게 어두워져서는 나오더라도 알아보기 힘들 것이다. 게다가 슬슬 하쓰코의 남편이 퇴근해서 올 것이고 저녁 준비로 부엌이 바쁠 테니까 언제까지 빈집털이범처럼 어슬렁거릴 수도 없다. 그렇다면 좀 더 이른 시간에 다시 가는 게 낫겠지만 그렇다고 리리를 만날 수 있을지, 없을지는 모를 일이었다. 이런 건 둘째 치고 오랜만에 아내의 눈을 속여 이리저리 돌아다니는 것만으로도 유쾌하기 그지없었다. 사실 오늘이 지나면 이런 시간은 보름을 또 기다려야 생긴다. 후쿠코는 이따금 친정아버지에게 용돈을 뜯으러 가는데 그게 대체로 한 달에 두 번 1일 전후와 15일 전후로 정해져 있었다. 가면 꼭 저녁을 먹고 일러도 여덟 시에서 아홉 시 경에 돌아오기 때문에 오늘도 지금부터 서너 시간은 자유를 누릴 수 있다. 굶으면서 추위를 참을 각오만 한다면 그 뒤쪽 공터에서 적어도 두 시간은 서 있을 여유가 있다. 그러니까 리리가 저녁 후에 어슬렁거리기 위해 밖으로 나오는 습관이 아직도 그대로 있다면 어쩌면 그곳에서 만날 수 있을지도 모른다. 리리는 식후에 풀이 난 곳으로 가서 풀을 먹는 습관이 있으니까 더욱더 그 공터에 나올 가능성이 높다. 그런 생각을 하면서 고난고등학교 앞 언저리까지 와서 국수당(国粋堂)이라는 간판이 달린 전파사 앞에 자전거를 세우고 밖에서 가게 안을 들여다보며 주인이 있는지를 확인했다.

"안녕하신가?"

바깥 유리문을 반쯤 열었다.

"대단히 미안하지만 20센 좀 빌려 주겠나?"

"20센이면 되겠나?"

아는 사이긴 해도 불쑥 들어와서 편하게 말할 만한 사이는 아니었다. 그렇다고 고작 20센을 거절하기도 뭣해서 주인은 작은 금고에서 10센짜리 동전 두 개를 꺼내, 말없이 손바닥에 올려주었다. 그러자 쇼조는 곧바로 건너편의 고난시장으로 달려가서 팥빵 봉지와 죽순 껍질로 포장한 꾸러미를 품에 넣고 돌아왔다.

"부엌 좀 쓰게 해 주게나."

사람이 좋아 보이고 유들유들한 데가 있는 쇼조는 이렇게 부탁하는 것에 익숙해져 있다.

주인이 왜 그러냐고 물어도 다 이유가 있어서 그런다고만 둘러대고 싱글벙글하며 부엌문 쪽으로 들어가 죽순 껍질에 싼 닭고기를 알루미늄 냄비에 옮기고 가스 불에 쪘다.

"미안하네."

그 말을 스무 번이나 해댔다.

"여러 가지로 염치없지만 또 한 가지만 들어주지 않겠나."

자전거에 매달 램프를 빌려달라고 했다.

"이거 가져가게."

주인이 안에서 가져 나온 것은 '우오자키초미요야(魚崎町三好屋)'라는 글자가 있는 어느 배달 음식점의 낡은 제등이었다.

"와, 굉장한 골동품이군."

"소중한 거지. 다음에 올 때 도로 가져오게."

쇼조는 밖이 아직 컴컴하지는 않아 그 제등을 허리에 달고 나갔는데 한큐의 롯코 정류장 앞에 '롯코산 등산 입구'라고 쓴 커다란 푯대가 서있는 곳까지 와서는 자전거를 모퉁이 찻집에 맡기고, 두세 블록 떨어진 그 집을 향해 완만하게 경사진 길을 올라갔다. 그리고 집의 북쪽에 있는 뒷문 쪽을 돌아서 공터 안으로 들어가 거의 일 미터 높이로 무성하게 자라있는 한 무더기 풀 뒤에 쪼그리고 앉아 숨을 죽였다.

'여기서 아까 산 팥빵을 먹어가며 두 시간 정도 참아 보자.'

그 사이에 리리가 나와 준다면 선물로 가져간 닭고기를 주고 오랜만에 어깨로 뛰어오르게 한 다음 입 언저리를 핥게 하며 재밌게 놀아볼 작정이었다.

'오늘은 언짢은 일로 무작정 뛰쳐나와 발길이 저절로 서쪽으로 향한 데다가 우연히 쓰카모토까지 만났지. 이렇게 될 줄 알았으면 외투라도 입고 나올 걸.'

얇은 모직 셔츠에 작업복만 입고 있어서 당연히 추위가 스며들었다. 쇼조는 어깨를 움츠리며 별이 총총 빛나기 시작하는 밤하늘을 바라보았다. 나막신을 신은 발에 선뜩 차가운 풀잎이 닿는 걸 느끼고 모자와 어깨를 만져보니 이슬이 제법 내렸다.

'이러다간 얼겠다. 이렇게 두 시간이나 웅크리고 있으면 감기에 걸릴지도 몰라.'

그러나 쇼조는 부엌 쪽에서 생선을 굽는 냄새가 나자 리리가 그 냄새를 맡고 어디선가 돌아올 것 같아 괜히 긴장되었다. 쇼조는 작은 목소리로 "리리, 리리" 하고 불러보았다. 저 집 사람들은 모르게 고양이만 알 수 있는 신호는 없을까 궁리하기도 했다. 쇼조가 웅크리고 앉은 풀숲 앞으로는 칡넝쿨이 무성하게 뻗어있었다. 그 잎 사이로 가끔 무언가 번쩍 빛나곤 했는데, 쇼조는 그것이 밤이슬이나 멀리서 비치는 전등 빛이라는 것을 알면서도 리리의 눈인가 싶어 괜히 가슴이 쿵쾅거렸다.

'아아, 리리인가. 아, 좋아라.'

그렇게 생각하는 순간 심장이 두근거리고 가슴이 철렁 내려앉았다가도 다음 순간에 바로 실망했다. 이렇게 말하면 우습지만 쇼조는 이토록 안달복달하는 마음을 사람에게조차 느껴 본 적이 없었다. 기껏해야 카페 여자와 놀아 본 게 고작이었고 연애라고 할 만한 경험이라곤 전처의 눈을 속이고 후쿠코와 했던 밀회 정도였다. 그 시절에 느꼈던 즐겁기도 하고 애타기도 하며 괜히 두근거리고 들뜨는 기분이 지금의 감정과 그나마 비슷하다고 할 수 있지만 그것도 양쪽 부모님이 은밀히 코치를 해주며 시나코가 눈치 채지 못하게 얼버무려 줬기 때문에 크게 무리할 일도 없었다. 이렇게 밤이슬을 맞으며 팥빵을 씹어야 하는 고생까지 안 했던 만큼 절실함도 없었고 보고 싶은 마음도 이정도는 아니었다.

쇼조는 어머니나 아내에게 아이 취급을 받으며 제 구실 못하는 저능아처럼 간주되는 것이 몹시 못마땅했다. 그렇다고 딱히 불만을 들어줄 친구가 있는 것도 아니고 답답한 심정을 가슴에 쌓아두고 있자니 왠지 외롭고 외톨이 같았다. 그 때문에 늘 리리를 예뻐했던 것이다. 실제로 시나코도 후쿠코도 어머니도 알아주지 않는 쓸쓸한 기분을 저 애수에 찬 리리의 눈만이 꿰뚫어 보고 위로해주는 듯했다. 또 저 고양이가 말로는 표현 못하지만 마음속에 담고 있을, 짐승이 가진 비애를 어쩐지 자신만은 알 것 같았다. 그랬던 존재와 헤어진 지 40여 일이나 되었다. 한때는 그런 생각 말고 빨리 포기하려고 노력한 것도 사실이지만, 어머니와 아내에 대한 불만이 쌓이고 그 울분을 풀 데가 없을 때마다 다시 그리움이 몰려와 견딜 수가 없었다. 쇼조의 입장이 되어보면 나가는 것도 들어오는 것도 일일이 간섭을 받으니 심한 금족령이 오히려 그리움을 부채질하는 꼴이 되어 잊으려야 잊을 수도 없었다.

그리고 또 신경 쓰이는 것 하나는 리리를 데려간 이후로 쓰카모토가 아무런 보고도 하지 않았다는 점이다. 그렇게나 약속을 했는데도 왜 아무 말도 안 해주지? 일이 바쁘다면 어쩔 수 없지만 어쩌면 그런 게 아니라 쇼조에게 걱정을 안 시키려고 뭘가 숨기고 있는 것은 아닌지……. 말하자면 시나코에게 미움 받고 제대로 먹지도 못해서 몹시 쇠약해져 있다거나 도망가 버려 행방불명이 되었다거나 병사했다든가 하는 일이 있는 게 아닌지. 리리를 보낸 이후 쇼조는 자주 그런 꿈을 꿨는데 밤중에 깜짝 놀라 깨면 어디선가 '야옹' 하고 우는 소리가 들리는 것만 같아 화장실에 가는 척하면서 살짝 일어나 창문을 열어본 적이 한두 번이 아니었다. 하도 자주 그런 환각에 빠지다 보니 지금 들은 소리와 꿈에서 본 모습이 리리의 유령은 아닌지 도망 오다 길에 쓰러져 죽어서 영혼만 돌아온 게 아닌지 하는 기분까지 들어 오싹하고 몸서리친 적도 있었다. 그러나 또 다른 생각으로는 아무리 시나코가 심술궂고 쓰카모토가 무책임하다고 해도 리리에게 무슨 일이 생겼는데 가만히 있을 이들은 아니었다. 아무 소식이 없는 게 무사히 잘 있다는 증거라고 생각하며 불길한 상상이 떠오를 때마다 지우고 또 지웠다. 스스로노 신통방통할 정도로 아내의 말을 충실하게 지켜 한 번도 롯코로 발길을 안 옮긴 것은 감시가 심해서만이 아니라 시나코의 덫에 걸려드는 게 불쾌해서였다. 쇼조는 리리를 빼앗아간 시나코의 진짜 속셈이 뭔지 지금도 확실히는 모르겠지만 경우에 따라서는 쓰카모토가 보고를 게을리하고 있는 것도 시나코의 사주를 받은 것인지도 몰랐다. 시나코는 그런 식으로 일부러 내가 애태우다 못해 달려오도록 하려는 속셈이 아닌가. 그런 의심이 들면서도 리리의 안부를 확인해보고 싶다는 바람과, 뻔하디 뻔한 시나코의 덫에 걸리는 것에 참을 수 없다는 반감이 같은 무게로 다가왔다. 쇼조는 어떻게든 리리와 만나고 싶었지만 시나코에게 걸려드는 것은 참을 수 없었다. "결국 왔군요" 하고 시나코가 괜히 잘난 체하고 득의만만한 콧소리를 내는 모습을 상상하자 이제는 그 얼굴을 떠올리는 것만으로도 신물이 났다.

원래 쇼조에게는 그만의 엉큼한 구석이 있어서 항상 자신이 마음 약하고 남이 하라는 대로 하는 인간처럼 보이는 점을 교묘하게 역이용했다. 시나코를 쫓아낸 것 역시 그 방법을 이용한 결과였다. 겉으로는 오린과 후쿠코에게 휘둘린 것 같아도 실은 그 누구보다도 쇼조가 시나코를 제일 싫어했는지도 모른다. 그리고 쇼조에게는 지금 생각해도 잘한 일이고 후련한 일이지 안 됐다는 생각은 눈곱만 큼도 없었다. 지금 시나코는 전등이 켜져 있는 2층 유리창 안쪽에 있는 게 틀림없었다. 풀숲 뒤에 웅크리고 가만히 그 등을 올려다보고 있자하니 쇼조는 사람을 바보 취급하 며 잘난 체하는 시나코의 얼굴이 다시 눈앞에 어른거려 속 이 뒤집혔다. 모처럼 여기까지 왔으니까 적어도 '야옹' 하 는 그리운 소리를 멀리서라도 듣고 가고 싶었다. 잘 지내 고 있는지만 확인할 수 있다면 그것만으로 안심이고 여기 까지 온 보람이 있기 때문에, '좀 더 살짝 안쪽 문을 살펴 보다가…… 잘만하면 하쓰코를 살짝 불러내서 선물로 가 져온 닭고기를 건네고 요즘 어떻게 지내는지 물어볼 수 있 지 않을까……' 하고 생각했는데 그 창문의 등불을 보고 시나코의 얼굴을 떠올리니 내키지가 않았다. 그런 짓을 하 면 하쓰코가 오해해서 2층의 언니를 불러낼지도 모르고 그렇지 않더라도 나중에 말할 것은 분명하니 '슬슬 계획 대로 되어간다'라고 우쭐대는 그 꼴도 보기 싫었다. 그렇 다면 역시 이 공터에서 끈기 있게 쭈그리고 앉아서 리리가 여길 지나가는 우연에 기댈 수밖에 없었다. 그러나 지금까지 기다려도 안 되는 걸 보니 아무래도 오늘밤은 그른 것 같았다. 쇼조는 이미 봉지 안의 팥빵을 모두 먹어 치웠다. 그리고 아까부터 한 시간 반가량은 흐른 것 같아 점점 집이 걱정되었다. 엄마만이라면 괜찮지만 후쿠코가 먼저 돌아와 있다면 오늘밤 내내 재우지 않고 멍투성이를 만들 텐데. 그건 참을 수 있지만 다시 내일부터 감시가 심해질 것이 문제였다. 그런데 한 시간 반이나 기다렸는데도 희미하게 우는 소리조차 들리지 않다니 뭔가 이상했다. 어쩌면 요즘 종종 꾼 꿈이 정말 맞아떨어져 이미 이 집에 없는 것 아닐까. 아까 생선 굽는 냄새가 났을 때 그 집에서 저녁식사를 한 거라면 리리도 그때 뭔가 먹었을 것이고 그랬다면 분명히 풀을 먹으러 나올 텐데 나오지 않는 걸 보니 역시 이상했다.

쇼조는 더는 참을 수 없어서 풀숲 속에서 몸을 일으켜 집 뒤편에 있는 외짝 여닫이문까지 살그머니 가서 그 틈새에 얼굴을 갖다 댔다. 아래층은 창문이 단단히 닫혀있고 아이를 재우는 듯한 하쓰코의 자장가 소리만 드문드문 들릴 뿐 어떤 소리도 나지 않았다. 2층 유리장지문 사이로 아주 잠깐도 좋으니 그림자만이라도 볼 수 있다면 얼마나 좋을까……. 유리창 안쪽에는 하얀 커튼이 단정하게 드리워져 있고 위는 어둡고 아래는 밝은 걸 보니 시나코가 전등을 낮게 내리고 야간작업을 하고 있는 것 같다. 쇼조는 문득 등불 밑에서 열심히 바느질을 하는 시나코 옆에서 리리가 얌전하게 등을 동그랗게 말고 태평스레 잠을 즐기는 평화로운 광경을 떠올렸다. 긴긴 가을밤에 깜빡이지도 않는 전등불이 리리와 시나코 둘만을 하나의 원으로 감싸고 있는 것 외에는 천장까지 흐릿한 실내. 밤이 깊어갈수록 고양이의 코고는 소리는 잦아들고 사람은 가만히 바느질에 여념 없는 차분하고 조용한 장면이다. 저 유리창 너머로 그런 세계가 펼쳐지고 있다면, 기적이 일어나서 리리와 시나코가 완전히 사이좋게 지낸다면– 만일 진짜 그런 광경을 보게 된다면 질투하지 않을 수 있을까. 솔직히 리리가 옛날을 잊어버리고 현재에 만족하고 있다 해도 화가 날 것이고, 학대받고 있거나 죽었다하면 더 슬플 것이다. 어느 쪽이든 마음이 편치 않기 때문에 차라리 아무것도 듣지 않는 편이 좋을지도 모르겠다.

갑자기 아래층에서 벽시계가 '딩' 하고 30분을 알리는 소리가 들렸다. 7시 반이라는 생각이 들자 쇼조는 누군가에게 들이받힌 듯이 벌떡 일어났는데 두세 걸음 가서는 다시 돌아와 아직 소중하게 품속에 넣어둔 죽순 껍질 꾸러미를 꺼냈다. 그걸 외짝 문이나 쓰레기통 위 같은 곳처럼 리리만 알아챌 장소에 두려 해도 수풀 속에 두면 개가 냄새를 맡을 것이고 이 주변에 두면 집의 누군가가 발견할 것이니 좋은 방법은 아니었다. 아니, 이제 아무래도 상관없었다. 늦어도 지금부터 30분 안에 돌아가지 않으면 또 한 번 소동이 일어날지도 몰랐다. '자기! 지금까지 뭐 했어!' 하는 소리가 갑자기 귓가에 들리는 것 같고 후쿠코의 앙칼진 얼굴이 불 보듯 훤했다. 쇼조는 놀라서 칡넝쿨 사이에 죽순 껍질을 펼쳐두고 양쪽에 작은 돌로 누른 뒤 그 위를 적당히 잎사귀들로 덮었다. 그리고 공터를 후다닥 빠져나와 자전거를 맡긴 찻집까지 정신없이 내달렸다.

그날 밤 쇼조보다 2시간 정도 늦게 돌아온 후쿠코는 남동생과 권투를 보러 갔던 이야기를 했다. 후쿠코는 기분이 매우 좋았다. 그리고 다음 날 조금 이른 저녁을 끝내고 "고베에나 갑시다"라고 해서 신카이치에 있는 '슈랏칸' 이란 영화관으로 외출했다. 오린의 경험으로 보면 후쿠코 는 이마즈의 친정집에 다녀오고 나면 항상 주머니에 용돈 이 있는 대엿새나 일주일간은 기분이 좋다는 것을 알 수 있었다. 그동안은 후쿠코 마음대로 돈을 쓰고 쇼조를 영화 나 가극 같은 볼거리에 두 번 정도 데리고 갔다. 따라서 이 때는 부부 사이도 좋고 아주 원만하게 지내지만 일주일째 부터는 슬슬 후쿠코의 주머니 사정이 안 좋아지면서 종일 집안에서 뒹굴며 간식을 먹거나 잡지를 읽으면서 가끔 남 편에게 잔소리를 해댔다. 게다가 쇼조에게도 아내의 씀씀 이가 좋을 때만 충성심을 발휘하고 점점 나올 게 없으면 타산적으로 태도를 바꿔 떨떠름한 얼굴로 건성으로 대답 하는 경향이 있었다. 결국 양쪽에 끼인 어머니가 제일 고 역이었다. 그래서 오린은 후쿠코가 이마즈에 달려갈 때마 다 이거 당분간은 숨 좀 쉬겠구나 싶어 한시름 놓았다. 그 런데 지금 마침 그런 평화로운 일주일이 시작되었는데 고 베에 다녀온 지 사나흘 된 어느 날 저녁, 남편과 둘이 저녁 밥상을 마주한 후쿠코가 술을 꽤 마셔서 얼큰하게 취한 눈으로 말했다.

"이번에 본 영화, 재미가 하나도 없더라. 자기는 어떻게 생각해?"

그러면서 술병을 들어 올리자 쇼조가 낚아채듯이 잡고서는 따라 주었다.

"한 잔 더해."

"아, 싫어. 취했어. 나."

"자, 한 잔 더해."

"집에서 마셔봤자 술맛도 없고……. 그것보다 내일 어디 가지 않을래?"

"좋지. 가고 싶어."

"아직 용돈 하나도 안 썼어. 그저께 밤, 집에서 밥 먹고 나가서 영화만 봤잖아. 그러고 보니 아직 잔뜩 남았네."

"어디 갈까? 그러면……."

"다카라즈카에 갈까? 이번 달에는 무슨 공연을 하려나."

"가극 아닐까?"

끝나고 온천을 하는 즐거움이 있다고는 해도 뭔가 덜

내키는 표정이었다.

"그렇게 용돈이 두둑하면 좀 더 재미있는 걸 할 수 있지 않을까?"

"뭐가 좋을지 생각해 봐."

"단풍구경 갈까?"

"미노오 계곡?"

"미노오는 별로야. 저번 비로 완전 망했어. 그것보다 난 오랜만에 아리마 온천에 가고 싶은데 어때? 찬성?"

"정말, 그게 언제였더라?"

"한 일 년쯤 되었지, 아니다. 그때 기생개구리가 울어댔어."

"그럼 벌써 1년 반이나 되었네."

둘이 사람들 눈을 피해 만나는 사이가 된 지 얼마 안 된 어느 날, 다키미치 종점에서 만나 신유전차(고베와 아리마 왕복 전철)를 타고 아리마에 가서 고쇼보의 2층 연회석에서 반나절 놀며 보냈던 적이 있었다. 두 사람은 시원한 계곡물 소리를 들으며 맥주를 마시고 잠도 자고 놀면서 보냈던 즐거운 여름날을 선명히 떠올렸다.

"그럼 다시 고쇼보 2층으로 할까?"

"여름보다 지금이 낫지. 단풍도 보고 온천도 하고 느긋하게 저녁도 먹고."

"그래, 그러자. 그게 좋겠네."

다음날은 이른 점심을 할 예정이었는데

후쿠코는 9시부터 바지런히 몸치장을 시작했다. 그리고
거울을 보며 쇼조에게 말했다.

　　"자기 머리가 지저분하네."

　　"그럴지도 모르지. 보름 전에 이발소에 갔으니까."

　　"그럼 얼른 갔다 와. 지금부터 30분 안에."

"그건 힘들 텐데."

"그런 머리로 갈 거면 난 같이 안 갈래. 얼른 갔다 와."

쇼조는 아내가 준 1엔짜리 지폐를 왼손에 들고 흔들면서 자기 가게에서 오십 미터 정도 거리에 있는 이발소 앞까지 달려갔는데 마침 손님이 하나도 없었다. 안에서 나온 주인에게 쇼조가 말했다.

"빨리 좀 부탁해요."

"어디 가시게요?"

"아리마에 단풍 구경하러요."

"참 부럽네요. 부인과 함께요?"

"네. 이른 점심을 먹고 출발한다고 30분 내로 자르고 오라고 하네요."

그리고 30분이 지났을 즈음이었다.

"재미있겠네요. 잘 갔다 오세요."

쇼조는 이발소 주인이 하는 인사를 등 뒤로 하고 집으로 돌아와 아무 생각 없이 가게 안으로 한 발짝 들여놓다가 그대로 그 자리에 멈춰 서고 말았다.

"참 어머니도 왜 지금까지 그걸 숨기고 있었어요?

……" 하고 갑자기 심상치 않은 소리가 안에서 들려왔기 때문이다.

"…… 왜 그런 일이 있으면서 저한테 말하지 않으셨어요. 그러면 어머니는 내 편인 척하면서 항상 그래왔던 거예요? ……"

후쿠코가 저기압이라고 눈치 챈 것은 새된 목소리 때문이었다. 어머니는 찍 소리 못하는 것 같은데 가끔 한 두 마디 대답을 하지만 어물어물 넘기려고 기어드는 소리로 말해서 잘 안 들렸다.

후쿠코의 화내는 소리만 생생하게 들렸다.

"…… 뭐? 갔다 왔는지 모른다고요? …… 멍청하긴! 남의 부엌을 빌려 닭까지 삶아 가지고, 리리가 있는 데 아니라면 어디엘 들고 갔겠어요? …… 그리고 저 제등을 가지고 돌아와서 시치미 떼고 있는 거 어머니는 알고 있었죠? ……"

'후쿠코가 어머니에게 저렇게 언성을 높이는 일은 좀처럼 없었는데 오늘 쇼조가 이발소에 갔던 아주 잠깐 사이에 국수당 전파사에서 빌렸던 돈과 낡은 제등을 받으러 왔었나 보다.'

사실 그날 밤 쇼조가 그 제등을 자전거 앞에 매달고 와서 후쿠코에게 안 들키게 창고 선반에 올려놓았는데 그걸 대충 짐작하고 있던 오린이 꺼내주었는지도 몰랐다. 그러나 전파사 주인이 아무 때나 돌려줘도 괜찮다고 해 놓고 왜 찾으러 온 걸까.

'설마 그 낡은 등이 아까워서는 아닐 거고 근처에 오는 김에 들린 걸까. 아니면 혹시 20센을 빌려가고선 아무 연락이 없으니 부아가 났나. 그러고 보니 가게 주인이 직접 왔는지 심부름하는 아이가 왔는지는 모르겠지만 닭고기 이야기까진 안 해도 되는 거 아닌가.

"……저쪽이 리리만 주면 더 이상 귀찮게 안 하겠다고 했잖아요. 리리를 만나러 간다고 해도 리리만으로 끝날 일이 아니라고 제가 말했잖아요. 도대체 어머니는 그 사람과 한통속이 되어 저를 속이면 그만이라고 생각하세요?"

그런 말까지 듣자 기가 센 오린도 아무 소리 못하고 움츠려있었는데 아들을 대신해 화풀이 당하는 것 같아 안 된 마음이 들었지만 한편으론 조금은 안심이 되었다. 뭐니 뭐니 해도 쇼조 자신이 저 자리에 있었다면 후쿠코의 화가 이 정도로 끝나지 않았을 것이니 가까스로 호랑이 굴에서 벗어난 기분이 들었다. 여차하면 문밖으로 튈 자세로 서 있었다.

"……됐어요. 알았어요. 그 사람을 롯코에 보내서 이번에는 나를 쫓아낼 모의를 꾸미시나 보네요."

이어서 탁 소리가 났다.

"기다려!"

"비키세요!"

"그러고 어디에 가려고."

"아버지한테요. 내 말이 맞는지 어머니 말이 맞는지 물어보게요."

"자, 곧 쇼조가 올 테니까……."

우당탕 우당탕 둘이 어지간히 퉁탕거리며 가게 쪽으로 나오기에 당황한 쇼조가 길가로 도망쳐서 한참을 정신없이 달렸다. 그 뒤로는 어찌 되었는지 모르지만, 정신을 차리고 보니 어느새 자신은 새로 난 국도 버스 정류장 앞까지 왔고 아까 이발소에서 받은 거스름돈인 은화를 아직도 손에 꼭 쥐고 있었다.

마침 그날 오후 1시경,

시나코가 아침나절에 바느질 끝낸 옷을

근처에 갖다 주고 온다고 평상복 위에 털실 숄을 두르고
종종걸음으로 뒷문으로 나간 뒤였다. 하쓰코가 혼자 부엌
에서 일하고 있는데 쇼조가 미닫이문을 빼꼼 열고서는 숨
을 헐떡거리며 안을 들여다봤다.

　　"어머!"

하쓰코가 소스라칠 듯 놀라더니 꾸벅 인사하며 웃었다.

"하쓰코⋯⋯."

쇼조가 뒤쪽을 신경 쓰며 쫓기듯 아주 작은 목소리로 불렀다.

"⋯⋯저기, 지금 시나코가 여길 나갔지?"

쇼조가 다급한 어조로 묻고는 말했다.

"⋯⋯내가 지금 저기서 봤는데 시나코는 눈치 못 챘어. 내가 포플러 나무 그늘에 숨어 있었거든."

"언니에게 무슨 용무라도?"

"그럴 리가. 리리 만나러 왔지."

쇼조의 말투는 리리를 너무 생각한 나머지 안타깝고 애절한 목소리로 바뀌었다.

"저기 하쓰코, 리리 어디에 있어? ⋯⋯ 미안하지만 아주 잠깐이라도 좋으니까 만나게 해 줘."

"어디, 근처에 있지 않나요?"

"그런 줄 알고 나도 이 주변을 왔다 갔다 하면서 벌써 두 시간도 더 기다렸는데 도저히 보이질 않아."

"그럼 2층에 있나?"

"이제 시나코가 곧 돌아오는 거 아니야? 지금 어디에 간 거지?"

"바로 저기 바느질한 옷 갖다 주러 갔어요. 이삼백 미터 되는 곳이니까 금방 와요."

"그럼 어떡하지? 큰일이네."

그러면서 야단스레 몸을 흔들고 발을 동동 구르며 "있잖아, 하쓰코. 부탁해. 아까 한 말." 하고 손으로 비는 흉내를 냈다.

"처음이자 마지막으로 부탁할게. 제발 지금 데리고 와 줘."

"만나도 별 수 없잖아요."

"아무 짓도 안 할 거야. 리리가 무사한지 얼굴이라도 한 번 볼 수 있으면 괜찮으니까."

"데리고 갈 생각은 아니죠?"

"그럴 리가. 지금 보여주기만 하면 이젠 다시는 안 와."

하쓰코는 어이없다는 얼굴로 쇼조를 뚫어지게 보다

가 뭔 생각에선지 잠자코 2층으로 올라가더니 바로 사다리계단 중간까지 돌아와서는 부엌으로 머리만 내밀며 말했다.

"있네요."

"있어?"

"나는 잘 못 안으니까 들어와서 봐요."

"들어가도 될까?"

"보고 바로 내려오세요."

"알았어. 그럼 올라갈게."

"빨리요!"

쇼조는 좁고 가파른 사다리계단을 올라가는 사이에도 가슴이 쿵쾅거렸다. 드디어 소원이 이루어져 만날 수 있다고 생각하니 기쁘지만 한편 이런 생각도 들었다.

'어떻게 변했을까. 길에서 비참하게 죽거나 행방불명되지 않고 무사히 이 집에서 있는 것은 고맙지만 학대라도 당해서 쇠약해져 있는 건 아닐지…… 설마 한 달 반 사이에 나를 잊었을 리는 없겠지. 그리웠다고 옆으로 다가와 줄까? 어쩌면 저번처럼 수줍어하면서 도망갈지도……. 아시야에 있을 때 이삼 일 집을 비우고 돌아오면 이제 아무 데도 가지 말라는 듯이 매달리고 핥곤 했었는데 지금도 만약 그렇게 대해준다면 그걸 뿌리치면서 또 한 번 가슴이 아프겠지⋯⋯.'

"여기에요."

환한 오후의 햇볕을 차단하려는 듯 커튼이 쳐져 있었다. 조심성 많은 시나코가 나갈 때 그렇게 해 놓은 건가? 그래서인지 실내는 답답하고 그늘져 약간 어두워 보이는 가운데, 반 원통 모양인 시가 현 도자기 화로가 놓여 있고 그리운 리리는 그 옆 겹방석 위에서 앞다리를 배 아래에 집어넣고 등을 둥그렇게 만 채 꾸벅꾸벅 졸고 있었다. 의외로 마르지도 않았고 털에도 윤기가 자르르 한 것이 꽤나 좋은 대접을 받고 있었던 모양이었다. 생각보다 소중히 대해주었는지 고양이를 위한 전용 방석이 두 장이나 깔려있을 뿐 아니라 바로 조금 전에 점심으로 날달걀을 먹은 것으로 보이고 깨끗하게 다 먹어 치운 밥그릇과 달걀 껍데기가 신문지에 놓여 방 한 구석에 있었다. 그 옆에는 아시야에 있을 때와 마찬가지로 고양이 전용 변기까지 놓여 있었다. 갑자기 쇼조는 오랫동안 잊고 있던 그 특유의 냄새를 맡았다. 전에 내 집 기둥, 벽, 침상, 천장에도 스며있던 저 냄새가 지금은 이 방에 그득했다. 쇼조는 슬픔이 복받쳐 잠긴 목소리로 고양이를 불렀다.

"리리……."

그러자 리리가 드디어 그 목소리를 들었는지 흐릿하고 나른한 눈으로 쇼조 쪽을 쳐다보았다. 아주 잠깐 무심한 시선으로 흘깃, 쇼조를 보는데 그걸로 끝이었다. 그어떤 감동도 보이지 않았다. 리리는 추운지 다시 앞다리를 더 깊게 말고 등과 귓불을 부르르 떨더니 졸려 죽겠다는 듯 눈을 감았다.

'리리는 그저 화로 옆을 떠나는 게 싫은 거야. 오늘은 날씨가 좋지만 공기가 차가우니까. 게다가 배까지 두둑해서 더 귀찮은 게지⋯⋯.'

쇼조는 고양이의 게으른 성질을 잘 알고 있었다. 이렇듯 쌀쌀맞은 태도도 새삼 이상할 것 없었다. 그래도 기분 탓인지 눈곱이 잔뜩 낀 눈가나 묘하게 기가 죽어 웅크리고 있는 모습을 보니 그동안 못 본 사이에 눈에 띄게 늙어 생기가 없어진 것 같았다. 특히 방금 본 눈동자가 가장 그의 마음을 아프게 했다. 옛날에도 이렇게 졸린 눈을 하곤 했지만 오늘은 마치 아무도 돌보지 않는 길고양이처럼 기운도 힘도 다 빠진 피로한 기색이 아닌가.

"이제 잊어버렸나 보네요. 허긴 짐승이니까."

"바보같이 남이 볼 때는 딴청을 부려."

"그런 거예요?"

"그렇지. 그러니까 미안하지만 아주 잠깐만 하쓰코가 이쪽에서 기다려주고 이 미닫이문 닫지 말아 줘."

"그래서 어쩌려고요?"

"아무 짓도 안 해. 그저 잠깐 무릎에 앉히려고."

"그러다가 언니가 돌아오면요."

"그럼 하쓰코, 그쪽 방에서 집 앞을 지켜보다가 언니가 보이면 바로 알려줘. 부탁해."

쇼조가 미닫이문에 손을 걸치며 어느새 어물쩍 방안으로 들어가서 하쓰코를 밖으로 밀어냈다.

"리리."

쇼조가 부르면서 고양이 앞으로 가서 마주보며 앉았다.

리리는 처음에는 모처럼 낮잠을 자는데 시끄럽다는 듯이 오만방자하게 눈을 깜빡거렸지만, 쇼조가 눈곱을 닦아주고 무릎 위에 올려 목덜미를 어루만져 주자 딱히 싫어하는 내색은 없었다. 그 상태로 얼마간 가만히 있더니 잠시 뒤 목에서 가르릉거리는 소리를 내기 시작했다.

"리리, 어떻게 된 거야? 몸이 안 좋은 건 아니지? 매일매일 사랑받고 있니?"

쇼조는 지금 리리가 옛날에 서로 장난질 치던 것을 떠올리고 혹시 머리를 비벼대거나 얼굴을 핥아주러 오지 않을까 싶어 이리저리 달래고 얼러보았다. 하지만 리리는 무슨 말을 들어도 그저 여전히 눈을 감은 채 가르릉거리고 있을 뿐이었다. 그래도 쇼조는 리리의 등가죽을 끈기 있게 어루만져주며 조금 마음을 가라앉히고 방안을 살펴보았다. 빈틈없고 결벽증이 있는 시나코답게 조금도 흐트러짐 없이 정돈됐다는 것이 여기저기에서 느껴졌다. 이렇게 시나코는 겨우 이삼 분 자리를 비우는데도 꼼꼼하게 커튼을 치고 가는 것이었다. 그뿐만 아니라 이 좁은 방안에 화장대, 장롱, 재봉 도구, 고양이 식기, 고양이 변기, 이것저것을 놔두면서도 한 치의 흐트러짐 없이 질서정연하게 정돈해 놓았다. 인두가 꽂혀 있는 화로를 봐도 숯을 깊숙이 묻어 놓은 위에 재를 가지런히 정돈해 놓았고 삼발이 위에 놓여 있는 법랑주전자까지 방금 닦아놓은 듯이 번쩍거렸다. 그것보다 신기한 것이 접시 위에 있는 달걀 껍데기였다. 시나코는 제 밥벌이를 제가 하는 입장이라 형편이 그리 좋지 않을 텐데 그 와중에도 리리에게는 좋은 걸 먹이려고 한 모양이었다. 아니, 그러고 보면 시나코가 깔고 앉는 방석보다 리리 방석의 솜이 더 두꺼워 보였다. 도대체 시나코는 무슨 생각으로 그렇게 미워하던 고양이를 소중히 여기게 된 걸까.

생각해 보니, 쇼조는 단지 자기 자신의 고집 때문에 전처를 내쫓고 이 리리까지도 수없는 고생을 시켰을 뿐 아니라 오늘 아침에는 자신의 집에도 갈 수 없는 신세가 되어 어느새 어정어정 여기에 오게 되었다. 가르릉거리는 리리의 소리를 들으면서 훅 하고 숨 막히는 듯한 변기 냄새를 맡고 있으니까 왠지 마음이 메어왔다. 시나코도 리리도 불쌍하지만 누구보다 불쌍한 것은 나 자신이 아닐까. 자신이야말로 진짜 오갈 데 없는 외톨이가 아닌가 하는 생각이 들었다. 그때 타박타박 발소리가 들렸다.

"언니가 벌써 모퉁이까지 왔어요."

하쓰코가 황급히 미닫이문을 열었다.

"어, 큰일이다."

"뒷문 쪽은 안 돼요…… 앞 현관문 쪽으로…… 돌아 나가세요. 신발은 내가 챙길 테니까. 자, 빨리요!"

쇼조는 구르듯이 사다리 계단을 내려와 현관문으로 달려가서 하쓰코가 마당으로 던져준 나막신을 발에 끼웠다. 그리고 길거리로 몰래 뛰쳐나왔다. 그 순간 한 걸음 차이로 뒷문으로 휙 돌아 들어가는 시나코의 뒷모습이 보였다. 쇼조는 마치 귀신이라도 본 듯 반대편으로 쏜살같이 내달리기 시작했다.